ハーレクイン文庫

情熱のシーク

シャロン・ケンドリック

片山真紀 訳

HARLEQUIN
BUNKO

THE SHEIKH'S ENGLISH BRIDE

by Sharon Kendrick

Published by Harlequin Japan, a Division of K.K. HarperCollins Japan, 2025

情熱のシーク

◆主要登場人物

ローラ・コティンガム……………弁護士。
グザヴィエ・ド・メストル……実業家。
ザヒール・アク・アティン……グザヴィエの父親。ハラスタンの国王。
マリク・アル・アハル…………ザヒールの補佐官。

1

グザヴィエは小さなショーツを指先にかけて差し出しながら、不満そうに口をとがらせたブロンド美人に問いかけるようなまなざしを向けた。

「なにか忘れているんじゃないのかい、かわいい人《シェリ》?」彼の並はずれてセクシーな声を聞けば、ラジオのナレーターのアルバイトでもしているのではないかと思う者もいるだろうが、答えはもちろんノーだ。グザヴィエ・ド・メストルはただでさえ莫大《ばくだい》な収入をふやすために、マスコミで働いたりする必要はない。

グザヴィエがハンサムな容貌《ようぼう》と筋肉質の体を役立てたのは、十代のころにエリゼ通りを歩いていてスカウトされたときだけだ。アフターシェーブ・ローションの広告に出て一財産稼いだのだが、それから立て続けに舞いこんできた実入りのいい仕事をことごとく断り、世間を驚かせた。グザヴィエはモデルを続けるかわりに、稼いだ金で不動産会社を立ちあげた。その会社が今では世界屈指の大企業となっている。

ブロンド美人が口を開き、ハスキーな声で尋ねた。「もうゲームはしたくないの?」

グザヴィエの冷ややかな表情は変わらなかった。二人の情事は昨年すでに終わっているのに、彼女はそれに気づかないのだろうか？　以前と同じ関係を再開することを期待しているのだろうか？　コーヒーを飲みながら積もる話でもしましょうと、このパリのアパートメントに現れ、まだ温かさの残る下着を床に落とせば、こっちがその気になるとでも思っているのか？

グザヴィエは嘲《あざけ》るように口元をゆがめた。元恋人ほど退屈なものはない。一度飽きた女を抱くことくらい、興ざめなものはないのだ。

それでも、昨日彼女から電話があったときには、快く会うことにした。もう一年もたっているのだから、彼女の言葉どおり、大人同士として語り合うことができるのではないかと思ったからだ。しかし、彼女の姿を見た瞬間、その瞳の表情やなまめかしいしぐさから、なにを求めているかわかった。グザヴィエはため息をついた。まったく、いつの世にもあきらめの悪い女というのはいるものだ。

「僕らのゲームはずっと前に終わったと思っていたがね」グザヴィエは黒い瞳で彼女を見すえ、静かに答えた。「努力は買うが、どうせなら、こういうことは君の魅力をわかってくれる男を相手にしたほうがいい」

「グザヴィエ――」

グザヴィエは首をかすかに横に振り、彼女の言葉をさえぎった。「飛行機を予約してあるんじゃなかったのかい？」

彼女の美しい顔に迷いがよぎるのを、グザヴィエは見逃さなかった。せっかくの誘いを本当に断るつもりなのかと考えているのだ。しかし、彼女は聡明《そうめい》な女でもある。これ以上粘ったところでむだだということはわかっているだろう。この世の中には、口に出さないほうがいい言葉もある。言わずに立ち去れば、少なくともプライドだけは傷つかないですむはずだ。

彼女は肩をすくめると、グザヴィエの手からショーツを受け取って、シルクのスカートの裾《すそ》を揺らしながらはいた。その瞬間、グザヴィエの決意は揺らぎ、気が変わりそうになった。

今、彼女を抱くのはいとも簡単だ。廊下の先には寝室がある。セーヌ川を見おろす寝室の大きなベッドは、ぱりっと糊《のり》のきいたエジプト綿のシーツにおおわれている。

このビルのオーナーは、ほかでもないグザヴィエ自身だった。ビルの中には彼が築いた企業帝国のオフィスもある。最上階の豪華なペントハウスは、名目上は徹夜の仕事をする場合に備えて所有しているものだ。

しかし、グザヴィエがそこで女性たちをもてなしていることは、パリの街じゅう、知らない者はいない。その存在は、彼の色男としての評判をさらに高めるものだった。グザヴィエは、人生を彩るすべてのものに対して好奇心旺盛《おうせい》だった。それを楽しむために、人並はずれた努力を重ねた末、今日のこの地位を築きあげたのだ。

グザヴィエは彼女に背を向け、窓の外を眺めた。広々とした川が午後の日差しに輝いている。

穏やかな川面《かわも》を行き交う遊覧船が目に入った。遊覧船に乗った観光客は、岸辺に立ち並ぶ美しい建造物をうっとりと眺めている。パリとはそういう街だ。グザヴィエ自身もまたパリの魅力に、心ばかりか魂までも奪われた一人だった。これまで出会ったどんな女性よりもこの街を深く愛している。そこで彼はふと眉をひそめた。そういえば、最後に女性と愛を交わしたのはいつのことだったただろう?

だったら、この機会を利用すればいいじゃないか。頭の中の声がけしかけた。

いや、それではあまりに安易すぎる。グザヴィエはあっさり手に入るものには興味がわかないたちだった。本物は簡単には手に入らないことをよく知っているのだ。

「もう私に会うつもりはないのね、グザヴィエ?」

彼女の声がグザヴィエの考えをさえぎった。彼はいぶかしげに目を細め、ゆっくりと振り向いた。以前彼女に感じていた魅力は、今はまったく感じられない。彼にしてみれば、驚くには値しないことだった。その女性がどれほど美しかろうと、どれほど有能だろうと、やがては興味が失《う》せてしまうのだ。いったん手中におさめると、それ以上そこにとどまる理由はないように感じられる。グザヴィエには挑戦しつづけることこそが喜びだった。挑戦し、獲得してしまえば、次なる挑戦の対象をさがす。

「それはわからないよ、シェリ」グザヴィエは肩をすくめた。「僕もたまにはニューヨークへ行くこともある。よかったら、また食事でもしよう」

二人は無言のまま見つめ合った。もう二度と会うことがないのは、二人ともよくわかっていた。彼女は唇を噛《か》んだ。「そう。あなたってひどい男ね。自分でわかってる?」彼女は静かに言った。

「そうかな?」グザヴィエは首をかしげた。そのとき、電話のベルが鳴った。彼女に背を向け、受話器を取る。「はい《ウィ》?」

「面会なさりたいという方がお見えです」アシスタントの声がした。

予約もなしに? グザヴィエは身をこわばらせた。不意をつかれるのは好きではない。警備員はいったいなにをしているんだ?

「まさかマスコミじゃないだろうな?」フランスで売り上げトップの週刊誌『ボンジュール!』に、バルコニーに立つグザヴィエの盗撮写真が掲載されてからというもの、二週間ほどはつめかける報道陣で蜂《はち》の巣をつついたような騒ぎだった。彼が寝ぼけ顔ではき古したジーンズのボタンをとめている姿は、あろうことか全国民の知るところとなり、女性たちはインターネットに転載された画像をこぞってダウンロードした。もちろんこの国にはプライバシーを保護する法律があるので、問題は目下、彼の顧問弁護士の手にゆだねられている。

「いいえ、報道関係の方ではありません」アシスタントが答えた。

「だったら、どういう素性の男だ？　なんの用なんだ？」グザヴィエは不機嫌に尋ねた。

「男性ではなく女性です。ご用件についてはお話しになりません。直接お伝えしたいとおっしゃるだけで」

「そうか」グザヴィエは声をひそめた。「僕の知っている女か？」

「それもおっしゃらないんです」

「わかった」アシスタントがこの予期せぬ来客をすぐに追い返さなかったということ自体が、グザヴィエにとっては大切な情報だった。彼は直感の鋭い人間しか雇わない。それゆえ、スタッフの言葉には常に耳を傾けるようにしていた。

グザヴィエはちらりとブロンド美人に目をやった。相変わらず口をとがらせ、彼をにらんでいる。どうしたら彼女を穏便に追い払えるだろう？　もしかすると、その見知らぬ来客こそ天からの助けかもしれない。

「彼女に、少し待つように言ってくれ。こっちの用事がすんだら、すぐに下りていく」グザヴィエは受話器を置いた。

ブロンド美人がゆっくりとうなずいた。「だれか決まった人がいるのね。それはそうよね。どうしてそのことに気がつかなかったのかしら」彼女は低い声で笑った。「一年たっても、まだあなたとよりを戻せるなんて考えた私がばかだったわ」

浅黒いグザヴィエの顔に影がよぎった。「君になに一つ約束した覚えはないよ、ナンシー。あとあと問題になるとは思わなかった」

「それこそがトラブルの元なのよ」彼女は静かに言った。「あなたときたらすてきすぎるんだもの。だから面倒に巻きこまれるの。さよなら、グザヴィエ。いい思い出をありがとう」そして、ぴんと背筋を伸ばして部屋を出ていった。

下りていくエレベーターの音に耳を傾けながら、グザヴィエは目を細めて考えこんだ。人として恥ずべき行いをしたのだろうか？　いや、そんなことはない。恥ずべき行為とは、今日彼女の体をもてあそび、そのあとで捨てることだ。グザヴィエは欲求不満を覚えつつ、たいていの男に言わせれば、自分はとんだ愚か者だろうと思った。

しかし、グザヴィエは慎重だった。情事の相手を選ぶにも、厳しい基準があった。彼のルールは二つ。相手は美しくなければならない。しかも、愛情などの精神的なしがらみや約束をいっさい求めない女性でなければならない。だから最初に、自分は愛にも結婚にも興味がないと女性にはっきり告げることにしている。そもそも愛という感情を実感したことはほとんどないし、結婚を試してみたいとも思わない。彼のその信念を曲げさせようと試みた女性たちが、これまでどれだけ嘆いてきたことか……。

グザヴィエは髪をかきあげ、高まりかけた欲望がおさまっていくのを感じた。ナンシーのこともすぐに忘れるだろう。アシスタントにコーヒーを持ってこさせて、予約なしの女性客の話でも聞くとするか。

それがすんだら家に帰って、ゆっくりと熱いシャワーを浴びてから、ディナーに出かける。グザヴィエは鏡に映った自分の顔を見て、にやりとした。

この世に自由ほど甘美なものがあるだろうか？


ローラは真紅のソファに腰を下ろして、あたりを見まわした。ソファの色が、着ている高価なスーツのワイン色とまるで合わない。しかも、そのスーツの着心地はいまだになじめなかった。

この二、三週間でローラは上流社会について速修コースを受け、最後にはまるでおとぎ話から抜け出たような国の伝統ある王宮にまで招かれた。王宮は贅沢《ぜいたく》をきわめていたが、グザヴィエ・ド・メストルのオフィスもそれにまさるとも劣らない豪華さだ。

クリーム色の壁に囲まれ、高価な調度品の並んだ広々とした部屋は、大企業の中枢というよりは豪邸を思わせる。高い天井から下がるシャンデリアの値段は想像もつかない。馬や川辺の風景を描いた古風な趣の油絵は、保守的で男っぽい雰囲気をかもし出している。

ローラはシルクのスカートを撫《な》でつけた。その官能的な感触にまだなじめず、背筋がぞくっとした。

彼女は怯《おび》えていた。いや、緊張していると言ったほうがいいかもしれない。しかし、できる限りの準備をしてきたという自信はある。よき弁護士であるためにはまず準備を怠らないこと――それは、この職業について最初に学んだことだ。人生のほかの部分ではぱっとしなくても、こと仕事に関してだけは精いっぱい努力し、道を切り開いてきたという自負がある。

今ここでグザヴィエ・ド・メストルについて知っていることを、もう一度おさらいしてみた。世界を股にかける実業家でプレイボーイ。本人の意思に反し、フランスのセックスシンボルとたたえられている。パリ、ロンドン、ニューヨークに多数の不動産を有し、最近では低価格の航空会社を立ちあげるとの噂《うわさ》が新聞紙面をにぎわせている。

それはつまり、これからローラが話そうとしていることに、そして、グザヴィエ・ド・メストルのものになるかもしれない財産に、彼がまったく興味を示さない可能性を示している。ローラの経験では、金というものは、あまり多く持っていない人にとってのみ絶大な魅力になる場合が多い。

エレベーターのドアが開く音がし、ローラは背筋を伸ばして身構えた。しかし、降りてきたのはグザヴィエ・ド・メストルではなく、ブロンドの美女だった。彼女はローラの方を、同情と嫉妬《しっと》の入りまじったようなまなざしで見た。

「一つアドバイスしてあげるわ」彼女はもったいをつけた口調で言った。「いくらベッドでは最高でも、ド・メストルみたいな男とかかわったら、いつか痛い目にあうわよ！」

「覚えておきますわ」ただでさえ緊張しているローラは、胸の鼓動がさらに速まるのを感じながらも、丁寧に応じた。

落ち着き払ったグザヴィエのアシスタントも、これにはさすがに勢いよく席を立った。だが、ブロンド美人がさっさと回転ドアの外に出てしまったので、ローラに向かって、非常識な人っているものねと言いたげに肩をすくめただけで、また腰を下ろした。

ローラはただ目をぱちくりさせていた。女性がいきなり豪華なオフィスから出てきて、会社のトップのセックスの技巧について論評するなんて、ふだん知っている世界ではありえないことだ。

「お取り込み中だったんですか？」ローラは気まずそうに尋ねた。

「取り込み中であろうがなかろうが、かまわないと思ったんじゃないのかい？」背後で穏やかな声がした。「君はいきなり飛びこんできて、僕に会わせろと言ったんだからね。まるで、水道の蛇口をひねれば僕が出てくるとでも言わんばかりに」

ローラは立ちあがって振り向いた。口を開き、あらかじめ練習しておいた謝罪の言葉を言おうとしたものの、言葉は舌先で凍りついてしまった。決して意外だったわけではない。伝説のプレイボーイなのだから、うっとりするほどのハンサムに決まっている。これまでにもそういう評判は山ほど耳にしてきた。だが、生身のグザヴィエ・ド・メストルを初めて目の当たりにして、ローラは激しい衝撃を受けた。生まれて初めて男性というものを目にした女性のように、ばかみたいに目をしばたたいていた。実際のところ、少なくとも彼のような男性を見るのは初めてだったのだ。

脚を軽く開き、引き締まった腰に手を当てて、彼は立っていた。全身から自信と風格、さらにはセクシーな魅力を発散している。

グザヴィエ・ド・メストルの写真なら、すでにモノクロ写真を何枚も見せられていた。やや鷲《わし》鼻ぎみの鼻や、情熱と冷淡さを同時に感じさせる唇を冷静に眺めたのを覚えている。ヨーロッパ系にしては肌の色が並はずれて濃い理由も、今でははっきりとわかっている。しかし、実物の彼がこんなふうだとは想像もしていなかった。

胸の中が妙にざわめいている。

そう、彼には圧倒的な存在感があるのだ。

褐色の肌が、仕立てのいい淡い色のスーツと鮮やかな対照をなしている。シルクのシャツとシルクのネクタイ。フランス人らしく、華やかに服を着こなしながらも、その下の引き締まった体は、高価な服にそぐわないほどの野性味をおびているように思える。もっと素朴なもの、もっと原始的なもののほうが似合いそうだ。あるいは、いっそ……。

そう、いっそなにもまとわないほうが……。

どうしてこんなことを考えているの？　ローラは一時の熱情に惑わされまいと心に決め

ていた。感情の激しさは、かつて彼女の強みでもあり、弱点でもあった。あれだけ痛い目にあって、もう懲りたんじゃなかったの？　彼女ははっとして目を見開いた。自分の思考の脈絡のなさに驚いていた。それでも、グザヴィエ・ド・メストルから目を離すことはできなかった。

彼はその存在感で広い部屋を満たしているかに見える。だが、なによりローラを引きつけたのは瞳だった。輝く漆黒の瞳が彼女を釘《くぎ》付けにしていた。これまで見た中で最も冷淡なまなざしだ。

「答えないんだな」彼は言った。「いきなり入ってきてグザヴィエ・ド・メストルに会わせろと要求するからには、言い訳がごまんとあるんじゃないかと思ったが」

ローラはなんとか落ち着きを取り戻し、ここへ来た目的に意識を戻した。「通常の手順を踏んでいないことは承知しています」

「イギリス人というのはそうやって自分の非を過小評価するのが得意だな。なにかを売り込みに来たのか？」

ローラは目をまるくして彼を見た。セールスウーマンがこんな高価なスーツを着ていると思うの？　私のひと月分の給料と同じくらいなのに。「いいえ」

グザヴィエはもの問いたげに彼女を見た。頭の中では必死に考えていた。この女性に会ったことはあるだろうか？　いや、ない。あれば覚えているはずだ。彼女の姿にすばやく目を走らせる。女性の品定めなら得意なグザヴィエにも、彼女を分類することは容易ではなかった。どうしてこうも……違って見えるんだ？

髪のせいだろうか？　褐色の髪は、光の当たるところだけ赤みをおびていた。その髪の色と雪のような肌の色が強いコントラストをなしている。それとも、あの瞳のせいなのか？　今まで見た中でいちばん美しい瞳であるのは間違いない。大きなグリーンの瞳は、この世で最も高価なエメラルドのように輝いている。

体型はほっそりとしているものの、昨今の流行にそぐわないほど女らしい。ふっくらした胸と細いウエストのせいで、ヒップの曲線がよけい豊かに見える。着ているスーツもまた、その体型を際立たせるものだ。ワイン色が、スーツ本来の機能的な雰囲気をやわらげている。おまけに、足には小悪魔的なスエードのハイヒール。いやおうなしに細い足首に目がいってしまう。グザヴィエの脳裏に突然、エロチックな光景が浮かんだ。あの足首が自分の腰にからまるさまが……。

彼はごくりと喉を鳴らし、さっき欲望を発散しておかなかった自分を呪《のろ》った。しかし、欲望を意のままにコントロールするのは得意なほうだ。

「君は電話ってものを見たことがないのか？」グザヴィエはもの柔らかな口調で皮肉たっぷりに尋ねた。「常識的な手段で面会の予約をとろうとは思わなかったのかい？」

そんなことをしたら、面会の目的はなにかときかれるだけじゃないの。ローラは心の中でつぶやいた。頭がおかしいのかと言われて、一笑に付されるのが落ちだわ。

「もちろんそれも考えましたけど」ローラは慎重に答えた。「突然うかがわせていただいたのには、それなりの理由があるんです」

「それはおもしろい」彼はいぶかしげに目を細め、静かに言った。「君はいったい何者なんだ？」

グザヴィエ・ド・メストルの黒い瞳に見つめられると、視線にさらされた場所が熱く焼かれるような感覚を覚えた。ローラはふいに不安になった。情報を分析し、処理するために訓練してきたはずの脳が、突然混乱をきたし、さまざまな思いがふるいにかけたように勝手にこぼれ落ちていく。

感じることができるのは、彼のまなざしの威力と、その体に秘められた言い知れぬパワーだけ。

これは純粋にビジネスなのだ。きわめて当たり前のことを、もう一度自分に言い聞かせる。

でも、本当にそうかしら？

これから私がグザヴィエ・ド・メストルに伝える情報には、彼の人生を決定的に変えてしまう力がある。少なくとも、彼の人生の見方は決定的に変わってしまうだろう。とにかく、くれぐれも慎重を期さなければならない。自分がダイナマイトのような激しい感情の持ち主であることは十分自覚している。今回、それによって自爆するわけにはいかないのだということも。

ローラは手を差し出し、内心の不安を押し隠すような自信に満ちたほほえみを浮かべた。

「ローラ・コティンガムです」

「ローラ」グザヴィエ・ド・メストルはその名前を舌の上でころがすように繰り返した。生まれてからずっと聞き慣れていた名前が、とたんにセクシーな響きをおびた。彼は長い指でローラの手を握り、問いかけるように黒い眉を上げながら、親指を彼女の手首の方へすべらせた。速まっている脈拍が彼の指にも感じられるはずだ。「前に会ったことがあるかい？　見覚えはないな。美人は決して忘れないたちでね」

私が美人？　今回、この異例の任務につくに当たって、各方面の専門家が集い、私の中の最高の部分を引き出してくれたのは確かだ。でも、自分で美人だと思ったことは一度もない。生まれてこのかた、なんとかこの世界で生き残ろうと必死になるあまり、外見にかまっている暇などなかった。そのあげく、身のほど知らずな恋愛をして破れ、今では心まで醜くなったような気分にさいなまれている。

彼の温かな指にそっと撫でられたとたん、急に息苦しくなった。ローラは急いで手を引っこめた。「いいえ、お会いするのは初めてです」

「だったら、なにが目的なんだ？」黒い瞳が射るように見つめている。「たいていの人間なら、通りにほうり出される前にと、あわてて用件をまくしたてるところだろうに。なぜそうやってもじもじしているんだい?」彼はあくまでも穏やかな口調で尋ねた。「かなり興味をそそられているよ、マドモアゼル・コティンガム。僕のような男ともなると、なにかに興味をそそられることがなかなかなくてね」

僕のような男――一歩間違えばいやみにも聞こえる言葉だろうが、彼にはそう言っても許されるだけのカリスマ性とルックスがある。この男性なら、いったいどこまで許されるのだろう? 炎を宿した黒い瞳と、堕天使のように美しい顔で……。

ローラはちらりと彼のアシスタントの方を見た。彼女は事のなりゆきをくい入るように見守り、好奇心を隠そうともしていない。とにかく、今は任務に集中するのよ。ローラは自分に言い聞かせた。

「できれば、二人きりでお話ししたいんですけど」

グザヴィエ・ド・メストルはしばらく値踏みするような表情でローラの顔を眺めていたが、やがてはっとしたように言った。「子供の認知を求めに来たのか? 過去の恋人の依頼で?」

「いいえ、そういうことではありません」ローラは首を横に振りながら、ある意味ではそういう類《たぐい》の問題だと気づいた。しかしこの場合、立場は彼の考えているのとはまったく逆なのだ。「とにかく、これは二人きりでお話しすべき内容かと」

グザヴィエ・ド・メストルにじっと見つめられ、ローラは心まで裸にされそうな気がした。

しばらくして彼は言った。「いいだろう。僕のオフィスで話そう。だが、それなりの内容であってくれなければ困る。僕は時間をむだにするのが嫌いでね」

グザヴィエ・ド・メストルは背を向け、奥のドアの方へと歩いていった。ローラは激しい胸の鼓動を抑えてブリーフケースを手に取り、彼のあとについて社長室に入った。

「ドアを閉めてくれ」

ローラはドアを閉め、彼の方を向いた。本当に二人きりなのだと実感し、たじろいだ。椅子は勧められなかった。彼女はブリーフケースをかかえ、列車に乗り遅れた旅人のような心細い思いで、巨大なオフィスの真ん中に立ち尽くしていた。

「突然押しかけたのに、お会いいただきまして、ありがとうございます、ムッシュ・ド・メストル」ローラは静かに言った。

「こっちにとっても都合がよかったんだよ、マドモアゼル・コティンガム。君のおかげで、ちょっと面倒な状況から抜け出すことができた」面倒な状況とはなにかときかれるのを期待するように、彼は黒い眉を上げた。

ローラはあえてその期待を裏切り、冷ややかにほほえんだ。あのブロンド美人を追い出したことを、軽くいさめてほしいのだろうか？　ローラは突然あの女性が気の毒に思えてきた。グザヴィエ・ド・メストルは強烈に引きつける魅力を持つと同時に、冷たく拒絶されても忘れ去ることがむずかしい男性だ。

「もしご都合が悪ければ、日を改めてうかがいます」ブリーフケースを開けながら言った。

「とりあえず、今日は直接お会いして話をするようにという、依頼人の要望がありまして」

「依頼人？」

「はい」

「君は弁護士なのか？」

「そうです」

グザヴィエ・ド・メストルはわざとらしく間をおいた。「弁護士は信用しないことにしている。僕が雇っているのでない限り」

「賢明なご判断だと思います」

ローラが冗談めかして返しても、彼は笑わなかった。「法的な問題なら、なぜ僕の弁護士に話を通さないんだ？」

「それは……」ローラは口ごもった。「これが非常に微妙な問題で、ご本人以外の方の耳に入れるのがためらわれたからです」

「なるほど、それはおもしろい。君は人をじらして楽しむのが好きなようだな。ベッドでもそんなふうなのかい？　そろそろ思わせぶりはやめて、核心に触れてくれないか」

彼のセクシーな当てこすりに、ローラは顔を真っ赤にした。しかし、ここはひるんでいる場合ではない。「はい、もちろんです、ムッシュ・ド・メストル」彼女はきびきびと答えた。「私は今回、ハラスタンのシーク・ザヒールの代理人として参りました」

グザヴィエ・ド・メストルは驚いたように身をこわばらせた。「どういうことか、さっぱりわからないが」

「ごもっともです。まずはひととおりご説明させていただきますので」ローラは深呼吸をし、あらかじめ用意していたシナリオどおりに話しはじめた。「ハラスタンという国はご存じですか？」

「名前だけなら世界じゅうの国を知っているよ」彼は無表情のままローラの顔を見つめている。

「歴史あるマラバン国に隣接する大変資源豊かな山岳国です」

鋼のように冷たい視線が返ってきた。「君に地理の授業をしてもらう必要はない」穏やかながら、皮肉たっぷりの口調だ。「これから君が言わんとすることに対して心の準備をさせようというのなら、その気遣いも無用だ。僕にはむだにする時間などない。目的をさっさと言わないと、今すぐ出ていってもらわなければならなくなる」

ローラは徐々に要点に近づいていくつもりだったが、彼の全身にはいらだちがみなぎっていた。これ以上地固めをしている余裕はなさそうだ。

「あなたのお父様について話しに来たんです」ローラは静かに言った。

その瞬間、グザヴィエ・ド・メストルはまるで石に変わってしまったかのように動けなくなった。心臓だけが大きくどきんと打ち、胸が痛みに締めつけられた。心の中の立入禁止区域にいきなり踏みこまれたような気分だった。彼はローラの方に一歩進み出て、低い声で苦々しげに言った。「いきなり押しかけてきてそんな個人的なことを持ち出すとは、いったいどういう了見だ？　君のような赤の他人が触れていい問題じゃない」

怒りに燃える目でにらみつけられても、ローラは身じろぎもしなかった。彼が怒るのは当然なのだと、自分に言い聞かせる。同じ立場に置かれたら、私だって憤りを禁じえないだろう。

「私は依頼された任務を遂行しているだけです」肩には責任が重くのしかかっている。ボスの口癖が身にしみてわかった。世の中、簡単に手に入る金などないのだ。

グザヴィエ・ド・メストルがさらに一歩近づいた。静かに獲物を狙《ねら》う肉食獣のように。

「だれの依頼だ？　知っていることを全部話してくれ」

ローラは大きく息をついた。どんなに準備を重ねても、これほどの重圧を感じるとは予想していなかった。ここは明白な事実を述べるしかない。それがどれほどの衝撃を伴おうと。

ローラは静かに言った。「私はあなたの素性を明らかにするために参りました。少なくとも、私たちが信じるあなたの素性を。いくつかの証拠から鑑《かんが》みて、あなたがハラスタンのシークのご子息であることは間違いありません」

2

ローラの声を聞きながら、グザヴィエは不思議な感覚を味わっていた。耳鳴りがし、意識が肉体を抜け出て、部屋の天井からこの光景を見おろしているような気分だった。ちょうど臨死体験をした人々の話によくあるように。

グザヴィエは今までずっと、非情なまでにありとあらゆる感情を押し殺してきた。それが生き延びる唯一の手段だと教えられたからだ。しかし今、心を揺さぶり、そのバランスをおびやかそうとするような感情を味わわされていた。ローラの声が頭の中でこだましている。

〝いくつかの証拠から鑑《かんが》みて、あなたがハラスタンのシークのご子息であることは……〟

グザヴィエの目に見えているのは、衝撃的な発言をした女性の姿だけだった。青ざめた顔、赤褐色の豊かな髪。

「なにをでたらめを！」

「でたらめなんかじゃありません。こんな重大なことで嘘《うそ》をつく必要がどこにあるんですか?」

彼女の発言がばかげた空想の産物であることは頭ではわかっている。それでもグザヴィエの心の中にわきあがったひとかけらの疑いは、打ち消そうにもなかなか消すことができなかった。

いつも自分が周囲とは違うと感じていたのは、そのせいだったのか?

グザヴィエはパリのマレ地区で生まれた。そこが今みたいにファッショナブルな街としてもてはやされるようになるずっと以前の話だ。彼が少年だったころ、そこには芸術家の住みかである古ぼけてみすぼらしい家々が立ち並んでいた。周囲には細い通りが張りめぐらされ、小さなレストランが何軒かある程度で、現在のようなおしゃれな店などまったく見当たらなかった。グザヴィエは母と二人、元は使用人部屋として使われていた小さな屋根裏部屋に住んでいた。しかし、貧しい環境の中でも、母は息子のために最善の家庭を作ろうと、昼夜を問わず働いた。

母子の住まいは、外観こそ崩れかけてみすぼらしいものの、中はまるで天国のようだった。壁はきれいに塗り替えられ、きちんとアイロンがけをしたカーテンがかけられていた。ストーブの上ではいつもスープやポトフが湯気を立て、テーブルに置かれた小さな花瓶にはみずみずしい花が生けられていた。

母親にいくらか厳しいところがあったとしても、そんなことは問題ではなかった。家の中がいづらいと感じたときには、逃げ出す先はいくらでもあった。南に一、二ブロック歩けばセーヌ川の中州、シテ島にも行ける。そこには壮大なノートル・ダム寺院がそびえ立ち、サント・シャペル教会のパリ最古のステンドグラスが美しい輝きで迎えてくれた。

グザヴィエは放課後にそうした歴史的建造物へ足を運んでは、その華麗さを眺め、いつの日か貧しさから抜け出して、広々とした場所で美しいものに囲まれて過ごすようになろうと心に誓った。

グザヴィエの母は賢い息子に本を読むようしきりに勧めた。

〝貧しさから抜け出す道は、勉強することだけなのよ〟母はよくそう言っていた。さらに母は、同じ年ごろの近所の少年たちと街にたむろすることを禁じた。

グザヴィエはもともとそういう少年たちには興味がなかった。彼らはグザヴィエをどこか疑いの目で見ていた。自分はほかの連中とは違うと言いたげな彼の上昇指向と並はずれた容姿は、どこへ行っても目立った。漆黒の髪、なめらかな褐色の肌、黒曜石のように輝く瞳。それを見ただけでも、彼に周囲の少年たちとは異なった血が流れていることは明らかだった。

〝おまえの父ちゃんはどこのだれだよ？〟まわりの少年たちにそうからかわれても、グザヴィエは相手にしなかった。答えようにも、父親がだれか知らなかったのだ。

グザヴィエが父について質問するたびに、母は唇を引き結んで不機嫌になった。その顔に表れた恐怖の色は、幼い彼の心にもしっかりと刻みつけられた。

〝おまえのお父さんはとても影響力が大きくて危険な人なのよ。おまえの存在を知ったら、きっと私から奪おうとするわ。お父さんのことなんて忘れなさい、グザヴィエ〟それきり母は口をつぐんでしまうのが常だった。

グザヴィエには怖いものなどなにもなかった。しかし、それが母の願いなら、従うよりほかに道はなかった。

この命を与えてくれたうえ、すべての夢をなげうってひたすら息子のために生きている母に、どうして逆らえるというのだろう？　正直なところ、年をとれば母も少しは安心して話す気になってくれるのではないかと思っていたふしもある。しかし、その母は五年前に亡くなった。あとに残されたのは、ピンクのリボンの切れ端と、金とルビーの指輪だけ。そしてグザヴィエは、自分の出生の秘密は母とともに葬り去ることが亡き母に報いる道だと考えるようになった。

それ以来、この世の中には掘り起こさないほうがいい秘密もあるのだと自分に言い聞かせてきた。生物学上の父親がだれかわからないほうが、むしろよけいなしがらみに苦しまずにすむのだ。

それが今日、見ず知らずのイギリス人女性が突然押しかけてきて、あなたの出生の秘密を知っているなどといきなり言いだすとは。

　ふいに胸の奥底から怒りがこみあげてきた。グザヴィエはいきなり彼女の両腕をつかんだ。薄いシルク地を通して指が腕にくいこむ。そのまま彼女をぐいと近くに引き寄せた。彼女がつけているライラックの香水の香りをかぐことができ、こめかみに浮き出た血管が脈打つのが見えるほど近い距離だ。

「僕は骨の髄までフランス人だ。父親がシークだなんてことがあるわけがない」グザヴィエは苦々しげに言った。「ばかげた空想もいいかげんにしてくれ」

　力強い腕でつかまれ、浅黒い顔がいきなり間近に迫ってきて、ローラは凍りついたように動けなくなった。熱い息が顔にかかり、炎のように燃える黒い瞳がにらみつける。彼の肌からかすかに立ちのぼる野性味をおびた情熱の香りを感じ、くらくらした。彼女は鉛のように重く感じられる頭を振った。

「空想なんかじゃありません」

「君がなにを言おうと、そんなものは僕には関係ない。君を信じなければならない根拠など、どこにもないからな」そう言いながらも、頭の片隅では、この赤毛の女性の言うことが真実である可能性はあるだろうかと考えていた。いや、そんなはずはない。ありえない。

「だれに言われて来た？」グザヴィエはきつい口調で尋ねた。

「シークご本人の意向で、ここにうかがったんです。直接のご依頼ではありませんけれど」

「本人からではないのか?」

ローラはうなずいた。自慢の頭の回転の速さは、すっかり失われてしまっている。だいたい、男っぽさを凝縮したような男性にこんなに近くに引き寄せられては、冷静でいろと言うほうが無理だ。「ええ、シークはもうご高齢で、お体も弱っています。連絡はおもに補佐官の方を介してとっています」彼女は一瞬口ごもった。「今回、あなたに連絡をとりたいと思われたのも、シークがご自身の健康状態に不安を持たれているからだと思います」

シークがどんな状況にあろうと知ったことではない。しかし、彼女が先ほど口にした聞き慣れない言葉が、いつまでもグザヴィエの胸に引っかかっていた。〝お父様〟その言葉はまるで、夜空を見あげたら、月が突然ブルーチーズの塊にすり替わっていることに気づいたのと同じくらい、違和感のあるものだった。ふいにとんでもない不条理の世界へ足を踏み入れてしまったような気分だ。「いいかげんなことを言うな! その男が僕の父親であるわけがない」

彼女の腕にグザヴィエの指がくいこんだ。「本当だって言ってるじゃないですか。放してください」

「いや、だめだ」グザヴィエは腕をつかむ手を少しゆるめたものの、放しはしなかった。

彼女の唇が震えているのが見て取れる。突拍子もない発言に感情がかき乱されたせいだろうか、彼はその唇に口づけし、キスの甘さに溺《おぼ》れたい衝動に駆られた。

しかし、今そんなことをしてしまえば、弱さを露呈することになる。全容がわかるまでは、この女性に隙《すき》を見せるわけにはいかない。荒々しく原始的な欲望にのまれそうになりながらも、グザヴィエはそれを鉄の意志で抑えつけた。

「知っていることを全部話すんだ」

ローラは、事態の収拾がつかなくなる前に断固たる態度をとらなければと思っていた。彼にこんなに近くにいられたのでは、頭が混乱して話を続けることもできない。だがそのとき、はっと気づいて、頬を平手打ちされたようなショックを覚えた。今感じている危険の一部は、まぎれもなく自分自身の中にある性的な衝動なのだ。仕事の場で欲望を感じるなんて、決してあってはならない。それによって、今まで準備してきたものが一瞬にしてだいなしになってしまうかもしれないのだから。ローラ、しっかりしなさい。彼女は自分に言い聞かせた。

それから、顎をつんと上げ、燃えたつような緑の瞳で彼をにらみつけた。「その手を離していただければ」

グザヴィエ・ド・メストルはローラの顔をしばらくじっと見ていたが、やがて吐き捨てるように言った。「仰せのとおりに」

彼が急に手を離したので、ローラは危うくバランスを崩しそうになった。まるで長距離を走ったばかりのように息が乱れている。レースはまだ始まったばかりだというのに。

「さあ、説明したまえ」彼は命じた。

ローラは唇を噛《か》んだ。「あなたのお父様は――」

「やめてくれ」鞭《むち》を打つような鋭い声が響いた。「だれであろうと、その男を僕の父と呼ぶことは許さない。僕には父親なんてものは最初から存在しないんだ。わかったか？」

ローラはうなずいた。こういう感情への対処の仕方なら十分心得はある。目の前のことを否定しようとする気持ち。人はだれしもそういう感情を持ち合わせている。自分が傷つきそうになると、見て見ぬふりをして、そこにはなにもないのだと思いこもうとするのだ。

ローラ自身もずっとそうしてきた。恋人が浮気をしていたとき、彼に愛されていないのだという事実が大きな看板のように掲げられていたのに、それから目をそむけようとしていた。彼が自分を少しずつ遠ざけようとしていても、ありとあらゆる言い訳を作っては否定しようとしていた。そう、自分が認めたくない事実を否定する人間の気持ちは、痛いほどよくわかる。

「わかりました。では、どのようにお話しすればよろしいですか？」

しばらくの間、グザヴィエ・ド・メストルの黒い瞳は疑わしげにローラを見ていた。

「ここからは、僕の質問にただ答えればいい。君の依頼人はだれだ？」

ローラはうなずいた。マリクの言葉が思い出される。〝どんな手を使おうと、グザヴィエをハラスタンへ連れてくるんだ〟

「依頼人は、ハラスタンのシーク・ザヒールです」

グザヴィエ・ド・メストルは唇をきつく引き結び、たくましい腿のわきで両の拳《こぶし》を握り締めている。「君がこの件にかかわることになった経緯を教えてほしい。君はシークの一族に取り入ろうとしているのか？　黒髪に黒い瞳の寡黙な男がタイプなのか？　心の底では、王族の一人が君を気に入って、砂漠のテントに連れこんでくれるのを願っているんじゃないのかな、かわいい人《シェリ》？」

明らかに侮辱として発せられた言葉だが、あろうことか、ローラは官能を刺激された。

私としたことが、この件は簡単に片づくだろうと見くびっていたのだろうか？

確かに見くびっていた。

シークといえば、そのへんの億万長者が貧乏人に見えてしまうほど莫大《ばくだい》な財産の持ち主だ。その息子だと伝えたら、グザヴィエ・ド・メストルは欲に目がくらんでハラスタン行きの飛行機に飛び乗り、自分が相続する見込みの資産を確かめに行くものと思っていた。

甘いにもほどがある。

目の前にぶらさげた人参《にんじん》に、グザヴィエは食いついてはこなかった。彼ほどの成功をおさめた人間には、遺産なんてなんの魅力もないのかもしれない。

「どうした、答えがないじゃないか。さっきは単なる弁護士だと言っていたと思ったが」

「そうです」ローラは答えた。「ハラスタンの王族の依頼で仕事をしています。今回限りの契約ですし、私自身には下心なんてありません」

「そうかい？」グザヴィエ・ド・メストルが射るようなまなざしを向けた。「下心のない人間などいるかな。それじゃ、答えてもらおうか。君は純粋に弁護士としての手腕を買われて雇われたのかい？　それとも、その豊かな胸とセクシーな瞳のおかげなのかな？」

ローラは目をまるくして彼を見た。人を売春婦扱いしようっていうの？「そんな侮辱を甘んじて受けるつもりはありません」彼女は震える声で言った。

「せっかく君の長所をほめたたえているというのに、侮辱だと言うのか？」グザヴィエ・ド・メストルは嘲《あざけ》るように言った。「しかし、君の言うことは正しい。侮辱だと思ったら、甘んじて受ける必要はないんだ。僕の言葉が気に入らないのなら出ていけばいい。今すぐ。だれも引きとめはしないからな」

彼ははったりをかましているだけだ。彼自身もそれを自覚しているし、私がそれに気づいていることも知っている。しかし、ローラは出ていくことなどできなかった。ここで出ていったら、説得するチャンスは二度とないかもしれない。

彼になんと思われようと、なんと言われようと、けっこうよ。自分の仕事をするまでだわ。

ローラは波立つ感情を抑えこみ、満面の笑みを浮かべた。「ところで、あなたはオフィスに親の写真を飾りたいほうですか?」

「どうかな」彼は冷ややかなまなざしでローラを見つめた。「君はオフィスに親の写真を飾っているのかい?」

「そのようすでは、答えはノーですね」ローラは冷たく言い返した。「私がお預かりしてきた写真をごらんになります?」

グザヴィエは、できることなら今すぐにもここから逃げ出したかった。しかし、すでに遅すぎる。まるで偶然犯罪の目撃者になってしまったように、面倒な事態から抜け出せなくなっていた。

「そのブリーフケースからなにかが出てくるだろうとは思っていたよ。まるで子供のバースデーパーティに現れた手品師だな」

ローラは震える手でブリーフケースの留め金をはずし、写真をおさめた大きな封筒を取り出して、彼の方に差し出した。

グザヴィエは無言のまま受け取った。写真を見たとたん、はっと息をのんだ。

それはプロのカメラマンによって撮影されたスタジオ写真だった。たくましさの残る男盛りに撮られたものだろう。金の輪でとめた白くたなびくクフィーヤの下には、グザヴィエと同じ漆黒の髪がのぞいている。冷徹さを感じさせる鷲《わし》鼻や厚い唇も、彼が毎日見慣れているものとうり二つだった。

グザヴィエは妙に胸が苦しくなるような感覚を覚えながらも、うわべは平然として言った。「確かに、多少似ている部分はあるようだな。瞳と髪が黒いところは同じだ」彼は肩をすくめた。だが、なんの反応も返ってこないので、写真をデスクに置き、座っている彼女に歩み寄った。

グザヴィエ・ド・メストルの表情のなにかが、ローラを不安にさせると同時にわくわくさせた。ひるまないよう精いっぱい身構え、彼を見つめ返す。

「どこで手に入れたんだ？」

「先ほどもお話ししたとおり……」彼の瞳の奥底に怒りや軽蔑《けいべつ》よりもずっと危険ななにかを感じ、ローラは思わず唇を舌先で湿した。「あなたの……あなたの父親を名乗る方から預かったんです」慎重に言葉を選んで言った。

グザヴィエは喉の奥で低くうなると、手を伸ばした。彼女を立ちあがらせ、抱き寄せて、ほてった体にぴったりと押しつける。一瞬、彼女の瞳孔《どうこう》が開き、うっとりと見あげるのを見て、グザヴィエは満足感にひたった。

「僕をどうしようっていうんだ？」彼女の背中を手でなぞり、腰のうしろのくぼみを撫《な》でる。

ローラは息もできずに彼を見あげていた。みぞおちのあたりにセクシーな緊張感が広がりはじめる。彼のたくましい体に押しつけられた胸の先が敏感にうずきだす。それと同時に、くらくらする頭の片隅では、自分が置かれた状況の異常さにも気づいていた。彼に愛撫《あいぶ》され、体の中の獣が檻《おり》から出たいと騒ぎだしている。彼女は獣のように小さくうめいた。息苦しくて声を出すこともかなわない。それは今までまったく知りえなかった情熱だった。「考えることもできないわ。こんなふうに……」

「こんなふうに抱かれていたのでは？」彼は身をかがめ、ローラの耳元でささやいた。「でも、君はこうされるのが好きなんだろう？　もっといろんなところに触れてほしいんじゃないのかい？」

「やめて」ローラは息をはずませた。彼の欲望が、香りが、味が、電流のようにあたりにみなぎっている。自分がまるで炎の前に置かれた蜜蝋《みつろう》になったような気がした。彼の熱い手に触れられ、今にも跡形もなく溶けてしまいそうだ。「放してください」

グザヴィエ・ド・メストルは、まるでおもちゃに飽きた子供のようにぱっと手を離した。「君はまだ答えていない。君の目的がなんなのか」落ち着き払った平板な口調で彼は言った。

ローラは頭の中に浮かんでいる官能的な光景をなんとか振り払い、平静を取り戻そうとした。そして、ようやく静かに答えた。「あなたをハラスタンへ連れてくるよう依頼されています」

彼は褐色の指を曲げててのひらにくいこませている。その手は猛禽《もうきん》類の鉤爪《かぎづめ》のように見えた。獲物のローラを鋭いまなざしで射すくめ、身動きできなくさせてしまいそうだ。

彼は身を乗り出すと、ローラの顔をまじまじと見つめた。「君はグザヴィエ・ド・メストルほどの男をそう簡単に動かせると思っているのか？　この僕が、父親とは思えない男のために、地球の果てにあるような小国にのこのこ出かけるとでも？」

彼の手から逃れ、ローラの頭はようやく働きだしていた。とにかく、今は彼に調子を合わせておいたほうがいい。最終的に飛行機に乗せることができればそれでいいのだ。そのあとは晴れて成功報酬を受け取り、この危険なほどにセクシーな男性に二度と近づかなければいい。

再びマリクの言葉がよみがえってきた。〝どんな手を使おうと、グザヴィエをハラスタンへ連れてくるんだ〟

いったいどんな手を使えばいいというの？　ローラは豪華な家具類が並ぶ室内を見まわした。お金では動かない。それだけは確かだ。いつ手に入るかわからない遺産の話をしてもむだだろう。

彼のように権力をほしいままにする男性が求めるものはいったいなに？

ひょっとしたら真実かもしれない。

そう、私が彼に差し出せるものはそれしかないのだ。

「今、私と一緒に来てくださらないと、一生後悔することになるかもしれません」ローラは思いきって言った。

グザヴィエ・ド・メストルは心底驚いたような顔をした。「後悔？　言っておくがね、シェリ、僕は決して後悔などしない性格なんだ」

そうだろう。彼の冷たいまなざしを見れば、し損ねたことに胸の痛みを感じるなんてありえないとわかる。決してうしろを振り返らず、鮫《さめ》のように猛然と前へ突き進むだけなのだろう。

「今回ばかりは例外かもしれません」ローラは言い、ため息をついた。

これはもはや、単に任務を遂行するだけの問題ではなくなっていた。グザヴィエのことはよく知らないし、知っている限りでは決して好感は持てない。しかし胸の奥底では、彼が生涯取り返しのつかない決断をしてしまうのではないかと思うと、たまらなく不安だった。

ローラは心をこめて言った。「シークはすでに高齢で、お体も弱っていらっしゃいます。もしかすると、あなたの言うことが正しいのかもしれません。今回の一件はなんらかの手違いから生じた誤解で、あなたはシークのご子息ではないのかもしれない。でも、実際にお会いにならない限り、真実を突きとめることはできないんです。真実がはっきりしたあとで拒否なさるのはあなたの自由です。でも、もしもシークが本当にあなたのお父様だとすれば、この機会を逃したら、あとでどんな気持ちになるか、想像してみてください。お父様に会うのなら、残された時間はわずかなのです」ローラは顔を上げ、彼の目をまっすぐに見た。「シークはもう余命いくばくもないのですから」

3

豪華な部屋に満ちている空気が一瞬にして変わった。〝死〟という概念がもたらされたことで、対極にある〝生〟のエネルギーが浮き彫りになったかのようだった。

グザヴィエは心臓がゆっくりと大きく打つのを感じた。そして次の瞬間、今まで経験したことのない痛みが胸を締めつけた。その痛みは彼を容赦なくひねりつぶすかに思えた。無力な蠅《はえ》をたたきつぶすように。

威圧的な長身をいっそう伸ばし、グザヴィエはローラ・コティンガムを厳しい目で見おろした。「ほかになにか言っておくことはないのか？」もったいぶった口調で皮肉たっぷりに彼は言った。

彼女は首を横に振った。

「ないのかい？　どこかのケーブルテレビ局の〝どっきりカメラ〟だったと告白するんじゃないのか？　この神聖なるオフィスに隠しカメラがあると種明かししてもいいころだぞ」

どうしてあなたはそんなに疑い深いの？　ローラはそう尋ねたかった。だがそこで、『ボンジュール！』に掲載された盗撮写真のことを思い出した。彼の黒い瞳に敵意がむき出しになっているのも無理はない。

「出ていけ」

まさか、面会をここで終わらせるわけでは……。ローラは信じられずに彼を見た。「そんなことをなさったら、あなた自身のためにも――」

「なにが僕自身のためかなんて、君にわかるわけがないだろう！」彼は怒りに声を荒らげた。「いいから出ていってくれ、今すぐ！」

ローラは彼の顔を見て、これ以上なにを言ってもむだだと悟った。そこでブリーフケースを手に取って、中から名刺を取り出し、デスクに置いた。「携帯電話の番号も書いてあります。連絡なさりたいのであれば、〈パラディ〉に滞在していますので」

写真を回収しようと手を伸ばしたとき、彼の声が響いた。

「それは置いていけ。君が言うとおり、僕の父親の写真だとしたら、君より僕のほうがそれを持つにふさわしいだろう」

「でも――」

「いいから置いていけと言ってるんだ」彼は冷ややかに言った。「置いてさっさと出ていけ」

怒りに燃えたつ瞳に見つめられているのを感じながら、ローラは背筋をぴんと伸ばしたまま広い部屋を横切って外へ出た。ファッショナブルな店が立ち並ぶ八区の歩道に立ったところで、自分の手が震えているのにようやく気づいた。

ホテルは近かったが、新品のスエードのハイヒールは歩くのに不向きだ。タクシーを拾い、〈パラディ〉に到着した。

それにしても、最初のハードルでつまずいてしまうとは……。

エレベーターで広々としたスイートルームへ上がる。シークの補佐官が用意してくれた部屋だ。補佐官はスタイリストも手配してくれ、ローラはパリに着くなり、スタイリストにつき添われて買い物ツアーをすることになった。

きちんとプレスされたクリーム色のブラウスと紺のスーツは、小さな町の弁護士には十分でも、上流社会と渡り合うにはふさわしくない。服というのは自分を守ってくれる盾でもあるのだと、今回ローラは初めて気づいた。服のおかげで、その役になりきることができる。たとえ、だれも顔見知りのいないパーティに出て、小さな子供のように心細いときでも……。

スイートルームに入ったとたん、ローラは靴を脱ぎ捨て、ゆったりしたベッドに身を投げ出して、天井を眺めた。さて、これからどうしよう？　小犬みたいに部屋をうろうろして、グザヴィエ・ド・メストルが電話をかけてくるのを待つ？　彼から連絡が入らなかったらどうするの？

生まれて初めてパリ観光をするせっかくの機会までふいにするつもり？　こんなところでじっとしていたら、きっと時間の重みに押しつぶされてしまうに違いない。

ローラはワイン色のスーツを衣装だんすにかけ、買ったばかりの服の中から赤茶色のカシミヤのワンピースを選び出した。髪の色と反発し合ってしまうかと思ったが、着てみるととてもよく似合っていた。ゴールドのチェーンベルトをつけ、ローヒールの茶色のブーツをはいて、コーディネートは完成だ。お金持ちの暮らしには簡単になじむことができそうだと、皮肉混じりに思った。

「なにかメッセージはあります？」ローラはフロントでシックな若い女性スタッフに尋ねた。

「いいえ《ノン》、マドモアゼル」フロント係は肩をすくめて申し訳なさそうに答えた。

パリのおもだった観光名所は、どこも歩いていける距離にある。だが、ローラは心ここにあらずだった。はた目には、エッフェル塔の高さに驚き、宝石箱の中に入ったようなサント・シャペル教会のステンドグラスに見入っている、ごくふつうの観光客に見えたことだろう。

けれど、観光の楽しみは、今日のグザヴィエ・ド・メストルとの面会の失敗によってかなり損なわれていた。

上司のオフィスに呼ばれ、しばらく研究休暇と称して会社を離れ、ハラスタンの王族のもとで働かないかと言われたときには、簡単な仕事に思えた。おまけに報酬は、ローラがかかえる住宅ローンを大幅に減らせるほどの額だと言われ、がぜん興味を引かれた。ローラが恋人ジョシュとの別れによって受けた痛手は大きかった。精神的な傷はすでに癒《い》えていても、経済的な負担はいまだに軽くなっていない。

「王族のもとで!?」ローラは目をぱちくりさせた。

「そのとおりだ」

「つまり、ハラスタンへ行くということですか?」

「ああ」上司はにっこりした。「費用はすべて向こう持ちだ。自家用機、デザイナーズブランドの服、全部ひっくるめてね」

「話がうますぎるわ」ローラは警戒した。

「心配いらないさ。合法的な仕事だよ。友人の友人から内々に頼まれた。若くて熱意にあふれ、秘密を守れる女性弁護士をご所望だそうだ」

「なぜ女性でなければいけないんです?」

「感情的な場面が予想されるような場合、女性のほうがきめこまかな配慮ができるからね。今回はそういう依頼なんだ」

「危険はないんですか?」

ボスは笑い飛ばした。「ハラスタンは道徳を重んじる古風なお国柄で知られている。その国でシーク自らが君を保護下に置こうというんだ。危険などあるわけがない」

あのときはとても簡単に聞こえた。簡単すぎるほどに。正直なところ、シークの隠し子がどんな反応をするかなんて、まったく考えていなかった。

すんなり受け入れる以外の可能性があるとは想像もしていなかった。しかし、そこまで考えるべきだったのだ。人間の感情というのは予測できないものなのだから。

ローラはゆっくりした足取りで〈パラディ〉への道のりを戻りながら、これからどうしようかと考えた。シークに連絡して、グザヴィエ・ド・メストルの反応について伝えるべきだろうか？　それとも、彼に考え直す時間を与えるべきだろうか？

もの思いにふけるあまり、スイートルームの入口の暗がりに置かれた椅子に男性が座っていることなどまったく気づかなかった。男性は黒曜石のような瞳で彼女をじっと見つめ、音もなく腰を上げた。

ローラがスイートルームに入り、ドアを閉めようと振り向いたとき、ドアがさらに大きく開かれた。一瞬にして胸にこみあげた恐怖は、相手がグザヴィエ・ド・メストルであると知っても、消えることはなかった。

「ここでなにをしてるんです？」思わず声をあげた。

彼は平然としてドアを閉めた。

「なにをしているように見える？　君は話をしたいんだろう？」シルクのようになめらかな声は、まるでローラを愛撫《あいぶ》しているかのようだ。「だからこうして来たんだよ、かわいい人《シェリ》。君のためにね」

彼はわざとセクシーな雰囲気をかもし出そうとしているのだろうか？　それが効果を発揮していることも、彼にはお見通しなの？「事前に知らせていただけるとありがたかったわ」ローラは息を乱して言い、思わず喉元を手で押さえた。「驚かされるのはあまり好きではないもので」

「そうかい？　だったら、君は人生の喜びの半分も知らないんだな。僕はこういうのも楽しいんじゃないかと思ったんだが」グザヴィエ・ド・メストルはローラのほてった頬をじっと見つめた。「だいいち、先に押しかけてきたのは君のほうだろう？」

ローラは笑おうとしたが、うまくいかなかった。こんな目で見られているのでは無理だ。彼はどこへ行っても、こんなふうに女性を眺めるのだろうか？　まるでその熱いまなざしで服を溶かしてしまうかのように。そして女性のほうも、意に反してそれを望んでしまう。しっかりするのよ、ローラ。ここが自分のオフィスのようにふるまうの。「おかけになりますか？」

グザヴィエ・ド・メストルは部屋を見まわした。視線が四柱式のベッドのところでとまった。「どこに座るというんだ？　あそこかい？　気が散ってしまいそうだな。君はどうか知らないが、僕は美しい女性とベッドにいたら、つい横になってしまいたくなる性分なんでね」

ローラの心臓は激しく打ちはじめた。「下品なことをおっしゃらないでください」

「下品？　ただ事実を述べているまでだよ。君はいつもそんなふうに堅物なのかい、シェリ？　まあいい、ベッドとそこでの楽しい可能性についてはしばらく忘れて、当面の問題に集中しよう」彼は瞳を輝かせた。「君にききたいことがあるんだ」

ローラはうなずいた。「ご質問でしたら、なんなりとお答えしますわ」

「君は、僕がすぐさま仕事をなげうって出発するなんてことが可能だと思うのかい？　仮にそれを望んだとしても？」

「もちろん。だって、あなたが社長ですもの。なんでも望みどおりにできるはずだわ」

「うれしいことを言ってくれるじゃないか」

「別にお世辞を申しあげているんじゃありません」

「そうなのかい？　男っていうのは、そうやってほめそやされるのが好きなものなんだよ」

「そういうことは私の専門外ですから」ローラはつんとすまして言った。とことんビジネスライクな態度を崩すまいと心に決めていたが、からかわれてついむきになってしまった。

「それに、世の中には、世間から十分すぎるほどほめそやされている男たちがいるわ。あなたもそのうちの一人じゃないかしら、ムッシュ・ド・メストル」

グザヴィエは、無防備な小羊を前にした狼《おおかみ》のような笑みを浮かべた。そういう態度をとるのなら、もう彼女の運命は決まったも同然だ。必死に興味がないふりをしている女性を落とすほど、おもしろいゲームはない。

それにしても、なぜ彼女がこの役目をまかされたのだろう？　彼女は僕をシークのもとへおびき寄せる餌《えさ》なのだろうか？　僕を誘惑させるために、とりわけ魅力的な美女が選ばれたのか？

ここで味見をしてみようか？　キスの一つでも？　あの唇の柔らかさにひたれば、突然の知らせに引き起こされたとまどいや怒りを忘れることができるかもしれない。だが、今情熱に溺《おぼ》れれば、この妙なジレンマの本質を見失ってしまうことになる。

ローラ・コティンガムをオフィスから追い出してからというもの、グザヴィエの思いは千々に乱れていた。彼にしては珍しいことだった。そんな自分に嫌悪感すら覚えた。

グザヴィエの中の冷淡な計算高い部分は、この年になって父親が見つかったところで、なんの意味もないと考えていた。本物とは思えないし、仮に本物であったとしても、父親などという存在は不要だ。むしろ、会えば、実務面でも感情面でもさまざまな問題が生じるだろう。

しかし、今回の驚愕《きょうがく》の知らせに興味を引かれているのも事実だった。このまま確かめずに終わらせたら、あとあと後悔しそうな気もする。ローラ・コティンガムにもすでに言ったことだが、グザヴィエは後悔はしない主義だった。

おまけに、ちょっとしたお楽しみもついてくるとなれば、旅の誘いにのる価値はあるのではないか？　魅惑的なローラ・コティンガムは必死に興味がなさそうなふりを続けているが……。グザヴィエは期待に口元をほころばせた。

「君の言うとおりだ。たいていのことは、僕自身の判断で決められる。これほど魅力的な女性にこれほど魅力的な誘いをいただいたのは生まれて初めてだから、断るわけにはいかないだろう。もうそんな心配そうな顔をする必要はないよ、シェリ。君と一緒にハラスタンへ行こう」

一瞬、ローラは自分の耳が信じられなかった。断られるものとばかり思っていた。

「あ、その、とてもうれしいです」そう言った瞬間、我ながらばかみたいなせりふだと思った。だがすぐに、自分はこれから危険を絵に描《か》いたような男性を相手にしなければならないのだと気づいた。考えただけでも、また取り乱しそうになる。

「だろうな」彼は言った。「まあ、喜ぶのは着いてからにしたほうがいいとは思うが」

ローラはうなずいた。「明日の朝九時半に車がお迎えに上がって、そのまま飛行場へおいでいただきます。それでよろしいですか？」

「よろしくない」

「え?」

グザヴィエ・ド・メストルはにやりとした。「僕のやり方がわかっていないようだな、シェリ。旅の日程や方法は、君が決めることではない。僕が決めるんだ」

「おっしゃっていることがよくわかりませんが」ローラの声は震えていた。

「簡単な話さ。ハラスタンへの移動手段は、僕が手配する」

ローラは目をまるくして彼を見た。「でも、シークの豪華な専用機がいつでも飛び立てるように用意されているんですよ」

「僕が豪華な専用機なんてものに惹《ひ》かれると思っているのかい?」

「いえ、そんなことは――」

「シークの世話になるつもりはない」グザヴィエ・ド・メストルはローラの言葉をさえぎった。「それが僕の条件だ。これが受け入れられないというのなら、手ぶらで帰ってもらうことになる。この点はゆずる気はないからな」

彼の瞳の鋼のような輝きが、その言葉に嘘偽《うそ》りはないことを物語っていた。ローラはしばらくの間、返す言葉を失っていた。この取り引きで圧倒的に不利な立場にいることは自覚している。

「でも、ハラスタンへの直行便はありませんし、乗り継ぎもかなり不便で……」

「僕が定期便を利用すると思っているのかい? いつも使っているチャーター会社がある。

そこになら安心して命をあずけられるからな」

「どういう意味です？」

「考えてもごらん。僕が君の言うようにシークの息子だとしたら、彼の一族の中で僕の命を狙《ねら》う者が一人や二人いてもおかしくない」

人間というのはそんなに捨てたものではないと言いたかったが、そこでふと、この仕事にかかわることになったこれまでの経緯を思い出した。確かに世の中、なにが起こっても不思議はない。

しかし、そのときローラの胸を不安で揺さぶったのは、命の危険ではなかった。今、厳然と目の前にいる危険な男性の存在だった。この先しばらく、彼のセクシーな魅力に圧倒され、身を焦がしながら過ごさなければならないとは……。

「どうしたんだい、シェリ？」彼はからかうように言った。「なんだか不安そうだな」

「どこに不安を感じる理由があるんですか、ムッシュ・ド・メストル？」

「僕ら二人ともその答えは知っていると思うが」彼は瞳を輝かせた。「それから、そろそろグザヴィエと呼んでくれてもいいころなんじゃないかな」

ローラは嘲《あざけ》るような底知れぬ黒い瞳を見つめ、恐れおののいた。

4

「ムッシュ、当機はあと一時間ほどで目的地に到着いたします」

グザヴィエは手にした書類から顔を上げ、憧《あこが》れのまなざしでこちらを見ている美しい客室乗務員に目を向けた。

「どうもありがとう《メルシー・ビヤン》」グザヴィエは礼を言い、視線をローラに移した。サロンのように豪華な客室の向かいの席で、彼女は読書に没頭している。

フライトの間、ローラがまったく話しかけてこないのは意外だった。女性というのは、おしゃべりせずにはいられない性分のはずだ。静寂はときとして最高の贅沢《ぜいたく》であることも知らずに。しかし、ローラはむずかしそうな小説を手に取ったきり、ずっと読みふけっている。

一方のグザヴィエは、今日に限ってたわいのないおしゃべりでもして気をまぎらせたかった。

昨夜はよく眠れず、妙な悪夢にうなされて目を覚ました。このイギリス人女性がもたらしたニュースによって、心の中のこれまでずっと闇《やみ》に包まれていた部分が呼び覚まされてしまったかのようだった。

それでも、常に理性を優先させる者として、波立つ感情は断固として抑えつけ、着く前からあれこれ考えるのはやめた。

機内に仕事を持ちこみ、ずっと集中していたのだが、それもここで終わってしまった。となれば、自分の出生の秘密などに頭を悩ませるよりも、セクシーな赤毛の美女をからかっているほうがはるかにいい。

「なにか食べるかい？」グザヴィエは尋ねた。「それとも、アルコールでも持ってこさせようか？」

ローラは本から顔を上げ、さっきから同じ単語を繰り返し読んでいるのに彼は気づいているのだろうかと思った。文章はかたくなに理解を拒んでいるようで、まったく頭に入ってこない。そもそも、グザヴィエ・ド・メストルのそばでなにかに集中しようというのが無理なのだろう。

「いいえ、けっこうです。おなかはすいていませんので」

「昼はほとんど食べていなかったじゃないか」

それは事実だった。申し分なく調理された魚にもつけ合わせの野菜にも、ローラはなんの魅力も感じなかった。いつもなら大喜びで食べるチョコレートプディングに、かすかに吐き気すら覚えたほどだ。

食欲がないのは飛行機のせいにしておいたが、ふだんはそんなことはなかった。機内は快適で、騒音や揺れもほとんどない。食欲不振の原因はただ一つ。その原因が今、向かいの席に座って話しかけている。

黒い瞳がローラの脚にそそがれた。「イギリス人女性の食習慣は嘆かわしいものだ。朝食は抜くし、昼食はポテトチップスですませる」

「私はポテトチップスなんて口にしません。ジャンクフードばかり食べていたら、午後じゅう依頼人の相手をするのは不可能ですから。十把ひとからげに語ることの無意味さもさることながら、私の食生活は今ここで論じ合うべき話題とも思えませんけど」

「かわいい人《シェリ》、君の扇情的な体について触れられたくなければ、そんなふうに見せびらかすのはやめたほうがいいと思うがね」

ローラはあわてて自分の服に目を落とした。気がつかないうちにビキニかなにかにすり替わってしまったのかと思ったのだ。

スタイリストは、パリ向けのワードローブとハラスタン向けのものをきちんと分けて選んでいた。パリでは体にぴったり張りつくようなセクシーなもの、逆にハラスタンでは体の線を隠すようなものが基本になっている。今日ローラがまとっているのも、女性の服装が控えめなハラスタンのお国柄に合わせ、シークの法律顧問としてふさわしい衣装だ。

首から足首までおおう長袖《ながそで》のドレスは、クリーム色のシルクでできている。膝までのスリットは、脚を見せるためではなく、歩きやすさを考えた機能的なものだ。華やかさを添えるのは、美しい深緑色の石がはめこまれた豪華なドロップ・イヤリングのみだった。

「扇情的な服装などしていませんけど」ローラは言い返した。

「そうなのかい？　君が着ているドレスは、その下の女らしい曲線を想像させる。控えめでいて、男の目から見ればそれほどセクシーなものはない。ときに、隠すことでよけいに想像が刺激されるのは、君だって承知しているだろう。なかなかいい趣味をしているね、シェリ」

私が彼を誘惑するためにこの服を選んだとでも言いたいの？　ローラはむっとした。この服はシーク・ザヒールの命によってスタイリストが選んだもので、ふだんはこんな格好はしないのだと言ってやろうか？　しかし、そんなことを言えば、だったらいつもはどんな服装なのかと、よけいに私生活を詮索《せんさく》されてしまう。

グザヴィエと個人的にかかわるのは危険だ。ローラは直感的に悟った。かつて直感を無視し、頭で考えて失敗したことがある。だが、同じような失敗は二度と繰り返さない。これからは自分の心に嘘《うそ》をつかないようにして生きるのだ。あくまでもビジネス上の距離を保つこと――それこそが今、ローラの直感が命じていることだった。

ローラはグザヴィエに目を向けた。昨晩、グザヴィエが自ら手配する交通手段でハラスタンへ行くことを報告し、さんざんシークの補佐官の怒りを買ったあとで、ローラはいろいろと考えた。

グザヴィエは今後もあの手この手を使って誘惑を仕掛けてくるはずだ。名うてのプレイボーイで、おまけにフランス人とくれば、当然のことだろう。シークの血を半分引いているといっても気休めにはならない。偉大なシークは、いずれも精力旺盛《おうせい》で名をはせているのだ。そう、面くらうようなふるまいでグザヴィエが私の安全をおびやかしつづけることは想像に難くない。いや、そんなふうに感じるのは、私が経験不足のせいだろうか？ ドーチェスターの町では、グザヴィエのようなルックスの男性にでくわすことはまずない。もしも今まで出会っていたら、多少の免疫はできていただろう。

グザヴィエのようなタイプは、ローラにとってまったく未知の存在だった。もっとも、ハラスタンへ彼を連れて帰るという任務を負わされたからといって、あからさまに性的なほのめかしに耐えなければならないことにはならない。ジョシュとのことで大失敗をしたあと、自分に誓ったんじゃなかったの？ もう二度と男の言いなりにはならないって。

パイロットのアナウンスが響き、ジェット機はまもなく着陸に向けて段階的に高度を下げていくと伝えられた。ほどなく、グザヴィエを連れてハラスタンの首都クムシュ・アイの飛行場に降り立つことになる。そうすれば任務は終了だ。もう彼の気分の変化にびくびくしながら、機嫌をとる必要もない。

とはいえ、ことさら彼に対して礼儀知らずなふるまいをするつもりはない。ただ、女性というものがどんなふうに扱われたがっているかを伝え、目を開かせてあげたほうが彼自身のためにもなると思うだけだ。

「ムッシュ・ド・メストル――」ローラはため息をついて口を開いた。

「グザヴィエと呼んでくれと言っているじゃないか」彼は穏やかにさえぎった。

「グザヴィエ」ローラは素直に従ってから、口ごもった。なぜ名前一つにこんなにも……どきどきするのだろう？　まったく新しい感覚だ。これまで味わったことのない果実のように、その余韻がいつまでも舌に残る。彼女はごくりと唾《つば》をのみこんだ。「今ここで私の体型や服装の趣味についてコメントなさるのは不適切だと思います」

グザヴィエは静かに笑った。「不適切か。しかし、君だって女性だ。ほめられて悪い気はしないだろう？」

ローラは背筋をぴんと伸ばし、いさめるようなまなざしで彼を見た。「それは、そういう話が自然な場であればです」

「たとえば？」

「たとえば、パーティとか。もっと社交的な場でなら」

「男と女がたわむれ合っていいのは、社交的な場で出会ったときだけだと言うのかい？」

たわむれ合うという言葉に、なぜか官能的な場面が思い浮かんだ。さらに、グザヴィエに腕をつかまれたときの感覚がよみがえってきた。あのときの、体の芯《しん》がとろけそうになる感じ……。彼は今、隙《すき》あらばあの感覚を呼び覚まそうとしている。言葉でからかい、瞳で見つめるだけで……。

「血が通った女性はみんながみんな、今すぐあなたとベッドに飛びこもうと思っているわけではないんです」ローラは声を荒らげた。「どうしてそれがおわかりにならないのかしら」

少し間があってから、グザヴィエは瞳を輝かせて言った。「みんながみんなそうだとは思わないが、少なくとも僕の前でベッドに飛びこむなんて言葉を口にする女性はそうだと思っていいんじゃないかな」彼は愉快そうにローラのほてった頬を見つめている。

「もう!」ローラはグザヴィエをにらみつけた。どうかしている。着陸する前に、落ち着きを取り戻さなければ。マリクは、この任務が終わったら別の仕事があるかもしれないと言っていた。到着するときに情緒不安定になっていたら、あまりいい印象は与えないだろう。「アルコールをいただいてもいいかしら。もしおつき合いいただけるのなら」

「ああ、もちろん」グザヴィエはボタンを押し、客室乗務員を呼んでワインを頼んだ。

ローラはグザヴィエを見た。グザヴィエがまっすぐに見つめ返す。今にも飛びかかって、頭から食べてしまいそうな目で。彼がせめてシャツのボタンをとめ、ちらちら見えているたくましい胸を隠してくれたらと、ローラは願った。「これを最後に、当分の間アルコールは口にできないかもしれないわ。ご存じのとおり、ハラスタンではアルコールはあまり歓迎されないの」

「昼夜を問わず酒宴ざんまいだと思っていたんだが、それは残念だな」

思わず口元をほころばせそうになり、ローラはあわてて抑えた。グザヴィエを愉快な人だと思ったら、また一つ弱みがふえることになる。

「本当に英語にご堪能《たんのう》なんですね」彼女は冷ややかに言葉を返した。「子供のころから習っていらしたんですか?」

グザヴィエが心の扉を閉ざすのが目に見えるようだった。「子供のころのことは全部報告書を見て知っているんじゃないのか?　シークは僕に関してあらゆる調査をしているはずだ」

ローラははからずも頬を赤らめた。「ええ……まあ」

「僕にも見せてくれ」

ローラはほんの一瞬ためらったものの、拒んでも意味はないと悟った。ブリーフケースから調査報告書を取り出し、グザヴィエに渡す。

「私はただ、自分の仕事をしているまでです」ローラは肩をすくめた。

ローラのきまり悪そうな顔を見て、グザヴィエはにやりとした。おそらく彼女自身、プライバシーを侵害されることに耐えられない性分なのだろう。

彼は報告書にすばやく目を走らせた。

グザヴィエが生まれ育ったマレ地区の住所と学校の入卒記録、さらに母親の職歴が二、三並んでいるだけだった。母は現金を手渡しされるような類《たぐい》の仕事しかしていなかったので、国の記録をさがしたところで、職歴はほとんどたどれないのだ。

これまでマスコミがグザヴィエの過去を調べようとしても、学校時代の友人のインタビューを掲載する程度のことしかできなかった。学友たちは、若き日のグザヴィエは孤独な少年で女の子にはとりわけ人気があったと、予想どおりの証言をするにとどまっていた。

「たいしたことはないな」グザヴィエは言った。

「驚くほど短いですね」ローラも同意した。

世間に隠れてひっそりと暮らしたいという母の願いはかなえられたわけだと、グザヴィエはふと思った。自分がいまだに女性たちと一定の距離をおかなければいられないのは、世捨て人のような母に育てられた結果なのだろうか？

彼はローラを見た。「シークには息子はいるのか？　嫡出子は？」

「いいえ」

「わらにもすがる思いってことか。この旅の目的はなんなんだ？」グザヴィエは唐突に尋ねた。

ローラは彼の引き結ばれた唇を見つめた。「もうおわかりだと思っていましたけど」

「そうかな？　急に感傷的な気持ちに駆られて、一目会いたくなったということなのかい？」グザヴィエは皮肉たっぷりに言った。「権力をほしいままにした男が、現世を離れる前に一目、血を分けた息子の姿を見たいというのか？　それとも、貧しい環境で育った我が子に富を分け与えようってことかな？　僕は莫大《ばくだい》な遺産を相続することになるのかい、シェリ？」

「ずいぶん世俗的なことをお尋ねになるんですね」

「僕は単に現実的なだけさ。それとも、うっとりした顔で幸運に感謝するべきところなのか？」

「たいていの人なら、そうするでしょうね」ローラはこれまで弁護士として仕事をする中で出会ってきた人々と、そこで垣間見た欲望の数々を思い浮かべた。

「僕はシークの金など欲しくはない。一国のシークといえども、忠義や愛情は金では買えないことを学ぶべきだ。それが人生最後の学びとなろうともね」

悪名高きプレイボーイにしてはずいぶん高尚な物言いだと、ローラは思った。グザヴィエは、私が考えていたよりもずっと奥の深い複雑な人間なのかもしれない。

そのとき、客室乗務員がワインを持って現れた。ローラはクリスタルグラスにつがれたブルゴーニュ産のワインをごくりと飲んだ。

「少しは気分がよくなったかい？」グザヴィエが静かに尋ねた。

「ええ、ずっとよくなったわ。おいしいワインですね」

グザヴィエはワインを飲みながら、互いに対する二人の情報量には差がありすぎると考えていた。そろそろ彼女についてもっと知ってもいいころだ。「君とハラスタンの王族の関係について聞かせてくれないか」

「一カ月ほど前からアク・アティン家の弁護士として働いています」

「一カ月前？　それでもうこんな個人的な任務をまかされているのかい？」

「とくに今回の任務のためにシーク・ザヒールに呼ばれたんです」

「僕を彼のもとに呼び寄せるために？」

「そのとおりです。家族法は私の専門分野ですし、ハラスタンの法文書はすべて英語で書かれていますので」

「君みたいなすてきなお嬢さんが、なぜシークのお遣いを頼まれることになったんだ？」

「すてきなお嬢さんと言っていただけて恐縮です」

「どこの馬の骨ともわからないフランス人を誘い出す仕事なんて、君の恋人は反対しなかったのか？」

ローラは目をまるくした。「どうして反対されなきゃいけないんです？　女性は男性の許可がなければ息もしてはいけない――そういうふうにお考えになるタイプなんですか？」

「つまり、恋人はいるってことかな?」

「いいえ、いません」どうしてはっきり答えたのか、ローラ自身まったくわからなかった。

「いずれにせよ、私の私生活はこの件とはまったく関係ないことですから」

グザヴィエはあきれたようにふんと鼻を鳴らした。「まったく、弁護士というものは、なぜ質問に素直に答えないんだ?」

「質問することで報酬を得ているのであって、質問に答えることで食べているわけではありませんから。私はシークの法律顧問です。それだけお答えすれば、十分じゃありませんか?」

「それは僕が決めることだよ、シェリ」グザヴィエはやんわりとたしなめた。

輝く黒い瞳でじっと見つめられ、ローラはまたしても落ち着きを失いそうになった。

「あ、もうそろそろ到着ですね」一刻も早く着陸して、この男性から逃れられたら……。時間がたつにつれて、彼を相手にするのがますますむずかしくなってくる。

ローラはシートベルトの留め具をはずし、グザヴィエのまなざしから逃れるようにして立ちあがった。

背中にそそがれる熱い視線を感じながら円形の窓に歩み寄り、雪をいただいた山々を見おろす。心の中では、お願いだから早く着いてと祈っていた。

「君がこの仕事を手に入れる切り札となったのは、いったいなんだい? 当ててみようか？」

「もうお答えしたはずです。私は弁護士として、この種の法手続きが専門ですから」振り返ると、グザヴィエも席を立っていた。その瞳にはいたずらっぽい光が宿っている。

「隠し事は君には似合わない。世の中にはそういう任務が専門の弁護士はごまんといるはずだ。だが、君ほどの容姿の者はいないだろう。君はその美貌《びぼう》とセクシーさのおかげで選ばれたのかい？」

セクシー？　スタイリストのおかげですっかり変身を遂げたことは自覚していても、自分に対するイメージというのはそう簡単には変わらないものだ。鏡はときとして嘘をつく——それは、女ならだれしも知っていることだろう。外見がどう見えようと、自分で感じていることとは別物なのだ。生まれてこのかた、ずっと自分の魅力に自信が持てずにいたローラには、なおさらのことだった。

ローラはその日暮らしの貧しい母親の手で育てられ、苦学して法律の学位をとった。ジョシュには堅苦しくてセクシーさのかけらもないと言われつづけていた。彼にとってローラは、いずれお払い箱にするつもりの金づるでしかなかった。確かに今着ている服の総額を考えると目もくらみそうになるけれど、それにしてもセクシー？　この私が？　百万年たっても、そんなことはありえない。少なくともジョシュに言わせればそうだろう。

「そんなことはありえません！　確かに女性には男性にない資質がありますから、それによって選ばれたのかもしれません。でも、性的な魅力などというものはこの件にはまったく無関係ですし、ハラスタンのような国ではむしろ妨げにしかなりません」

「つまり君は、妙齢の女性にこの任務が与えられたのは単なる偶然だと言いたいのか？」

「さあ……」ローラは力なくつぶやいた。突然、自分が罠《わな》にはまってしまったことに気づいた。壁を背にして、客室にはグザヴィエと二人きりだ。彼のエネルギッシュな体からは性的な魅力が熱波のように放射され、その熱が肌を焦がす。逃れようと思っても、なぜか体が言うことを聞かない。動くことはおろか、考えることさえできない。

「違うのかい？」グザヴィエはささやくように尋ねながら、指先でローラの顎に触れ、自分の方を向かせた。「君にはわかっているんじゃないのかい？　シークの補佐官はおそらくこの薔薇《ばら》の花びらのような唇のことを聞きつけて、僕がこんなふうにそそられると考えた……」

　彼の顔が近づいてくる。ローラはSF映画の世界に迷いこんだ気分だった。エイリアンの光線銃で撃たれ、身動きができなくなったかのようだ。しかし、実際に彼女を動けなくしていたのは、遠い星からもたらされた未知の技術などではなかった。先史時代からずっと人間の中に受け継がれてきた原始的な欲望だった。たとえローラ自身にとってそれが未知のものであろうと……。グザヴィエの唇が彼女の震える唇をとらえた。

　それが威圧的な激しいキスだったら、そう、グザヴィエの権力や自信をこれみよがしに見せつけるようなものだったら、ローラも彼を押し返そうとしたかもしれない。しかし、そうではなかった。それは実に巧みなキスだった。静かに誘い、酔わせ、もっと欲しいと思わせるような……。先に唇を開いたのはローラのほうだった。彼の舌をさぐろうとしているのも、ほかのだれでもない、ローラ自身の舌だった。

「うーん」グザヴィエが唇を触れ合わせたままうなった。

「グザヴィエ……」ローラは息をはずませた。

「もっとしてほしいかい？」

「え……ええ……」

グザヴィエは笑いながら、ローラの胸のふくらみに触れたくなる衝動をこらえた。今はこれ以上先に進むだけの時間はない。強引に進めれば、二人とも欲求不満で苦しむか、客室乗務員にあられもない姿を目撃されるのが落ちだ。

しかし、この先持てるはずの官能のひとときを予感させることはできる。女性たちがキスをどれほど大切に考えているか、グザヴィエはよく知っていた。女性というものは、キスの場面を何度も心の中で思い返す。ちょうどお気に入りの音楽を繰り返し頭の中で奏でるように。ローラにたっぷりと甘いキスを味わわせてやろう。ロマンチックな想像をかきたてるようなキスを……。

グザヴィエは唇を巧みに使って、やさしくローラの唇を愛撫《あいぶ》しつづけた。やがて彼女は小さなうめき声をもらし、グザヴィエの肩に手をかけて身をすり寄せてきた。彼はさらにキスを深めた。

グザヴィエのキスは、今まで味わったことのないものだった。もちろん、ローラにとってキスは初めてではなかった。けれど、こんなキスがこの世に存在するとは想像もしていなかった。体の芯までとろけさせるような熱い欲望がわきあがり、ぼんやりした頭の中で、これから起こることへの甘美な予感がふくらむ……。

「だめだよ、シェリ」グザヴィエが残念そうにつぶやいた。「愛し合っている時間はないんだ」

あまりにも場違いな〝愛〟という言葉に、ローラはいきなり現実に引き戻された。そして、まるで暗闇から白日の下へ引きずり出されたようなとまどいを覚えた。

震える足で一歩あとずさり、喉元に手を当てる。「な、なにをなさるんです？」ローラは息を荒くして言い、それからかぶりを振った。「私ったら、いったいなにをしてるのかしら」

グザヴィエは笑った。「ここで生物学の講義をしてほしいのかい？」

「な、なんてこと……愚かにもほどがあるわ」突然のキスをあっさり受け入れ、もう少しで体までゆだねてしまうところだったなんて……。たとえ一瞬であろうともグザヴィエのすべてを求めていたことは、彼にも伝わっているはずよ。この先どうしたらクールな弁護士の顔に戻れるというの？

グザヴィエは余裕たっぷりにほほえんでいる。「そんなに自分を責めるものじゃない。僕を求めたことは罪でもなんでもないんだから。女性ならたいていはそうするはずだ。それに、砂漠の長い夜、退屈をまぎらせるにはうってつけの手段じゃないか。チャンスがありしだい、この続きを楽しもう」

彼の傲慢《ごうまん》な物言いに冷水を浴びせられたようなショックを覚えながら、ローラは乱れた髪に手をやった。着陸する前に身なりを整えなくては。いや、そんなことよりも、今ここではっきりさせなければ。もう二度とこんなことを繰り返さないと。

「そのつもりはありません。今のことは私の判断ミスでした」彼女は落ち着いた口調を取り戻して言った。「もう二度と同じ過ちを繰り返すことはありません。それに、あなたをシークのもとへお連れしたら、私の任務は終わりです。あなたとは今後いっさいかかわることはありません」

グザヴィエは反論したくなる気持ちを抑えた。僕がそんなシナリオを認めると思っているとは、なんと世間知らずなのだろう。二人の関係が断たれるのは、僕が彼女に飽きたときだ。彼女のすべてを手に入れるまでは、飽きることはないだろう。

体の奥底から欲望がこみあげてくるのを感じながら、彼は自分に主導権があることを確信していた。

しかし、欲望はすぐに違う類の緊張に取って代わられた。エンジン音が微妙に変化し、ジェット機がハラスタンの地へ向かって着陸態勢に入ったことを告げていた。

5

一カ月前、この空港に降り立ったとき、ローラは雪をいただく遠い山々を見て、その美しさに息をのんだものだった。あのときは、緊張しながらも希望を胸に抱いていた。日常の世界から一歩外へ踏み出した興奮にわくわくしていた。

シークの遣いに出迎えられることに不安を覚えながらも、同じくらいの強さを自分の中に感じていた。ジョシュとの別れの際に経験したさまざまな苦い思いが、彼女を強くたくましい女性に変えていたのだ。

なにより、あの苦境から抜け出したことは、自分でも誇らしく感じていた。ローラは、母親が男たちにだまされてお金に苦労するようすを、ずっと身近で見てきた。だからジョシュと関係を断ち、自分は母のような過ちを二度と繰り返すまいと固く心に誓ったのだ。そう、一カ月前のあの日、ローラは新しい人生のスタートに胸をときめかせていた。

それが今はどうだろう？

恐怖にとらわれ、無力感にさいなまれている。エネルギーはすべて、機内での熱い口づけに吸い取られてしまったようだ。あんなふうにキスをされ、限りない甘美さと抑制された情熱を味わって、まだどうしようもないほど体がうずいている。これほどプロらしからぬことはない。

タラップのいちばん上に立ち、ローラはグザヴィエの方をちらりと見た。ハラスタンの熱い空気を最初に吸いこんだときの彼の反応を見てみたかった。熱風は愛撫《あいぶ》するようにローラを包みこんだ。いや、こんなところで〝愛撫〟などという比喩《ひゆ》を思い浮かべるべきではない。よけい面倒なことになるだけだ。

今にもあふれ出しそうになる情熱以外のものに気をそらさなければ。こんなとき、グザヴィエが持ち前の傲慢《ごうまん》さを見せてくれたら、とたんに気持ちが冷めるのに……。けれど、今の彼はなぜか少しも傲慢に見えなかった。目を細めて周囲の景色を眺めているそのようすは、一瞬、ほとんど無防備にも見えた。キス一つで女性を簡単に落とすことのできる狡《こう》猾《かつ》なプレイボーイではなく、父親と自らの出生の秘密を求めてやってきた心細そうな少年を思わせる。そんなばかな……。ローラはそう思いつつも、なぜか胸がきゅんと締めつけられるのを感じた。

「準備はいいかしら？」彼女は静かに尋ねた。

「待ってくれ」グザヴィエは低い声で答えた。

彼は周囲を見まわした。よけいな音をたてたら、静謐《せいひつ》な美しさに包まれた自然の風景を損なってしまう気がした。初めて目にする光景を眺めながら、ぞくぞくするような感覚を覚えていた。

濃いコバルト色の澄み渡った空から、日がゆっくりと落ちはじめている。太陽はこれまで見たこともないほど大きな赤銅色の火の玉と化し、遠い山々がいただいた雪を紅に染めていた。

巨大な鳥が翼を広げ、上空をゆったりとすべるように飛んでいく。乾いた空気と熱気と砂埃《すなぼこり》が、毛穴の一つ一つを刺すかのようだ。グザヴィエはしばし、このまったく未知の世界に魅了され、身動きすることもできなかった。

グザヴィエは生まれたときからずっと都会暮らしで、パリという街をこよなく愛してきた。世界各地を旅してきたものの、東よりは西側の国が多く、最近では世界のビジネスの中心となるような大都市に限られている。しかし、ここには手つかずの自然がそのまま残されていた。どこか荒涼とした雰囲気を残しながらも、心の奥底の温かい部分に触れるような魅力があった。グザヴィエの胸は予期せぬ感動に締めつけられていた。

「それにしてもすばらしい《メ・セ・マニフィーク》」彼は思わずつぶやいた。

「ええ」ローラもうなずいた。まさに壮大な眺めだ。だが、改めて風景に見とれながらも、グザヴィエのきりりとした横顔をつい盗み見ずにはいられなかった。それは、紺碧《こんぺき》の空を背景に描かれた美しい絵画のようだった。ここにいるのがあまりにも自然に思える。彼自身もそう感じているのかしら？　それとも、私がそう思いたいだけなの？

グザヴィエは広大な風景から空港へと視線を移した。日差しに輝く近代的な建物と技術の粋を集めた管制塔。だが、明るい光に慣れた彼の目は、空港を取り囲むようにずらりと並んでいる銃を携えた兵士と軍用車両も見逃さなかった。

「お出ましだ」グザヴィエは静かに言った。男たちの一団がこちらに向かって歩いてくる。シルクの衣装と頭にとめたイカールが夕日を受けて輝いている。

これは本当に現実だろうか？　それとも、どこかの映画のセットにでも迷いこんだのか？　二、三日の間に、自分を取り巻く世界がこうも変わってしまうとは。

「君が連絡を受けているシークの補佐官は？」

ローラは石像のように無表情な男たちを眺めた。「いちばん背の高い人よ。白い衣装を着ているわ。マリクというの」

「シークと血縁関係にあるということだったな」

「かなり遠縁だそうだけど。でも、シークの腹心であることは間違いないわね。シークは、なににつけても彼に相談するの」

グザヴィエは満足げに瞳を輝かせた。ローラこそ、まるで腹心のように情報を提供してくれるじゃないか。もくろみは間違っていないようだ。その体を操ることができれば、彼女は揺るぎない忠誠心をこちらに向けるようになるだろう。「行くぞ」

グザヴィエがタラップを下りていくのを見て、ローラは目をぱちくりさせた。なにを急に偉そうに。もう王族になったつもり？

それにしても、こちらに近づいてくるマリクのまなざしに敵意が垣間見えたのは気のせいだろうか？　マリクはそれを隠すかのように深々と頭を下げた。

「ようこそおいでくださいました」彼は言った。「私はマリクと申します。ハラスタンの誉れ高きザヒール国王陛下の命によりお迎えに上がりました」

グザヴィエはぴくりと頬を引きつらせた。いったいなんの証拠があって人をこんなところまで呼びつけたのかと問いただしたい衝動に駆られる。しかし、それを語るのはマリクの役割ではない。

グザヴィエはただ軽く会釈をした。「盛大なる歓迎、痛み入ります」

「長旅のあとでお疲れでしょう。王宮までの車をご用意しています」マリクはローラの方に向き直った。「君は一台目にどうぞ。メイドのシドニアが同乗する。ムッシュ・ド・メストルと私は二台目に」

冷ややかに言い渡され、ローラは自分がのけ者にされた気分になった。任務を遂行したら、もうお役ご免だっていうの？

メイドと一緒に別の車になんか乗りたくない。暑い夏の日の蠅《はえ》を追い払うみたいに、じゃま者扱いされてはたまらない。ローラはグザヴィエの方を見た。さっき飛行機の中で情熱的な口づけを交わしたのがまるで嘘《うそ》のようだ。こんな性差別を目の当たりにして、あなたは黙っているつもり？　私をあれほど求めていたのなら、王宮への道のりもそばに置きたいはずでしょう？

グザヴィエはローラと目を合わせた。彼女の言いたいことはわかっている。実際、彼女に隣にいてほしいのはやまやまだった。美しく、この手になじんだ体。しかし、彼女の美しさが今はじゃまになる。しばらくは全神経をほかのことに傾けていたい。それに、いったん遠ざけておけば、雨ざらしにされたペットのように、再び温かい腕に抱いたとき、大喜びするに違いない。グザヴィエ・ド・メストルに拒まれる苦痛を、ほんの少し味わわせるのもいいだろう。そうすれば、この先彼女を意のままにできるはずだ。

さらに、ローラもマリクも、僕にとっては敵となる可能性がある。敵はなるべく互いに遠ざけておいたほうがいい。必要とあらば、二人をつぶし合うよう工作することもできる。

「もう行ったほうがいいんじゃないかい、かわいい人《シェリ》？」グザヴィエはささやいた。「みんな出発しようと待っているよ」

その言葉に、ローラは平手打ちをくらったような衝撃を受けた。ぱっと我に返り、自分に言い聞かせる。今までなんとかプロらしくふるまって、ようやくここまで来たんじゃないの！　もう一度プロに戻るのよ。私は国王の雇われ弁護士。それ以外の何者でもないんだから。

ローラは冷たくほほえみ、うなずいた。「そうですね。男同士、いろいろお話もあるでしょう。それでは、王宮でまた」そう言い残し、男たちの視線を背中に感じながら車へと歩いていった。

しばらくの間、グザヴィエもマリクも無言のまま、警護官たちがいっせいに動きだし、装甲車のドアを開けてローラを迎えるようすを見守っていた。

「どうです、なたなたの美人でしょう?」マリクが言った。

グザヴィエははっとしてシークの補佐官の顔を見た。この男はすでにローラと深い関係にあるのだろうか? そう思ったとたん、全身を激しい嫉妬《しっと》が貫いた。「ローラのことですか?」

「もちろんです。もう味見はおすみですか?」

グザヴィエは黒い眉を寄せた。「ハラスタンでは女性のことをそんなふうに言うのがならわしなんですか?」

マリクは肩をすくめた。「あなたは西側の方だ。男女のつき合いに関しては、こちらよりよほど自由と聞いています。おまけにあなたはプレイボーイとして名をはせていらっしゃる」

「女をものにしたと吹聴《ふいちょう》するのは青くさいティーンエイジャーのすることですよ」グザヴィエは冷ややかに言い返した。

「吹聴しろとは言っていません。ただ、あなたが征服した女性たちのリストにミス・コティンガムが名を連ねたかどうか、おうかがいしているだけですよ」

「僕が征服した女性たちのリストと言っても、世間が勝手に作っているだけです。言い寄ってくる女性たちをすべて受け入れていたら、ほかのことをする時間がなくなってしまいますからね」

「それで、答えはイエスですか？」マリクがしつこく尋ねる。

グザヴィエはいぶかしげに目を細めた。ローラをまだものにしていないと素直に認めることができないのは、つまらぬ男のプライドのせいだろうか？　マリクが明らかに彼女に興味をそそられているようだから、なおさらなのか？　それとも、ローラが予想に反して拒むことを恐れているのだろうか？　いや、そんなことはありえない。せっかくの機会を棒に振る女性がいるなんて考えられない。

機内での彼女の反応を思い出してみるがいい。今にも身を投げ出さんばかりで、その快楽を保証していたではないか。「そこまで詮索《せんさく》なさるのは野暮だと思いますがね」グザヴィエは苦々しげに答えた。

マリクは肩をすくめた。「部屋の割り当ての参考にしようとしているのかもしれませんよ」

「あるいは、ご自身がものにしたいと考えているのでは？　一つおききしたいのですが、女性を雇い入れるときは、ベッドへの誘いを受け入れるようなタイプかどうかでお選びになるんですか？」

重苦しい沈黙が流れた。「それは侮辱ととられてもしかたのない発言だと思いますがね、ムッシュ・ド・メストル」マリクは冷ややかに応じた。「今のあなたにとって賢明だとは思えない」

グザヴィエは相手の口調に突然表れた脅すような響きにも屈することはなかった。この男とうまくやっていく必要も、機嫌をとる必要もない。「賢明なら、最初からこんなところまでのこのこ出かけてはきませんよ」

「だったら、なぜ来たんです？」

グザヴィエは氷のように冷たい微笑を浮かべた。「それについては直接シークにお話しします。取り巻きにではなくね」

当てこすりの言葉に、マリクが衣装のひだの陰でぎゅっと拳《こぶし》を握るのが見えた。グザヴィエは、なんでも来いという気分になっていた。目の前には見知らぬ道が続いている。なぜか急にわくわくするような興奮を覚えた。きらびやかな成功と自由を手にし、僕の人生はこのところいささか退屈になっていたのかもしれない。

上等なワインを飲み、最高級の料理に舌鼓を打ち、洗練された美女たちを抱き、シルクやカシミヤやアイリッシュリネンしかまとわないでいると、男が本来持っている獲物を狩る野性のようなものを失ってしまうのかもしれない。

車は広々とした通りを進み、そこここに配置された警護の兵士が敬礼で迎える。グザヴィエはそれを眺めながら、原始的な欲望に血が騒ぐのを感じていた。

優美な装飾をほどこした鉄の門扉が、残光を受けて血の色に輝いている。その内側には、高々と水しぶきを上げる巨大な噴水や、見慣れない木々が見えた。

敷地内に入ると、細かなモザイクと金で飾られたドーム型の建物が目に入った。壁面は、夏空の青から海の紺碧に至るまでありとあらゆるブルーの濃淡で埋められている。

グザヴィエは珍しく高揚した気分を味わうと同時に、逆らいがたい運命のようなものを感じた。今日、こうしてここにやってくるのは、生まれたときから定められた宿命のように思えた。

「着いたようですね」グザヴィエは静かに言った。

マリクは黒い瞳でじっと彼の表情をうかがっている。「ええ。青の王宮です。美しいでしょう？　中で偉大なるザヒール国王がお待ちです」

偉大なるザヒール国王――父親だと名乗りをあげた人物。グザヴィエはなぜか柄にもなく心細い気分になった。もしすべてが単なる間違いにすぎなかったら？　これほど期待を抱きながら、結局はなにもかも誤解だとわかったら？

どれほどの財と権力を手にしていようと、シーク・ザヒールも人間だ。間違いを犯すこともあるだろう。

浮かれてはならない。本来の冷静さを維持しなければ。グザヴィエは自分に言い聞かせた。ふだんのように無関心な表情を保ちつづけよう。反応は逐一見られている。無防備なところをさらけ出せば、それを弱みとして利用されかねない。

「国王には、いつお会いできますか？」グザヴィエは唐突に尋ねた。

少し間があった。「まだ予定は決まっていません」マリクが答えた。

マリクはここで自らの権力を誇示しようというのだろう。こちらも、持てる力を見せつけておいたほうがいいのかもしれない。

僕がここに来たいと思う以上に、彼らのほうが僕を呼びたいと願ったのだから。

「僕はいろいろと無理を重ねて今日ここへやってきた。操り人形のように振りまわされるのは心外ですね」グザヴィエはきっぱりと言った。「シーク・ザヒールが僕に会いたいというのであれば、できるだけ早い機会に会う席を設けてください。僕は多忙な人間ですからね。他人の気まぐれにつき合っている暇はありません」

マリクのまなざしが険しくなった。「こちらはなにも妙な駆け引きをするつもりはない。シーク・ザヒールはご高齢でお体も弱っておられる。面会の機会は、陛下の病状しだいなんです。私どもの力ではどうしようもないんですよ」

グザヴィエはマリクの声にこもった苦しげな響きを聞き逃さなかった。彼は心から国王を敬愛しているのだろうか？　それとも、国王が去ったあとの政局をにらみ、自分の行く末を不安に思っているだけだろうか？

しかし、マリクの瞳を見つめたとき、そこに宿る悲しみはまぎれもない本物であると気づいた。グザヴィエは良心の呵責《かしゃく》を覚えた。「不快な思いをさせるつもりはありませんでした」

マリクは礼を言うかわりに頭を下げ、すぐに背筋を伸ばした。「できる限り早い時期にご面会できるよう手配いたします」

グザヴィエには尋ねたいことが山ほどあったが、今はまだその時期でないのはわかっていた。

「ご夕食は九時です。それまでお部屋でごゆっくりなさってください。それでよろしいですか？」

そこでふとグザヴィエは要求を一つ思いついた。ある意味で、これは自分の権利の主張でもある。イギリスから来たあの美女との約束を果たさなければ。そうしないと、シークとの面会を待つ間の退屈をまぎらすすべがなくなってしまう。「寝室が僕の願いどおりになるとさらにいいんですが」彼はさらりと言ってのけた。

マリクが身をこわばらせるのがわかった。「それは、あなたの願いがどのようなものかにもよりますが」

「どのようなものか、あなたもよくご存じでしょう」グザヴィエは静かに言った。

少しの間、沈黙があった。「未婚の男女がおおっぴらに同じ部屋を使うことは、ハラスタンの良識にそむくものですが……」マリクは意味ありげな視線をグザヴィエに向けた。

「なんらかの形であなたの願いをかなえるようなことは可能かと」

「ご理解いただけてうれしいです」グザヴィエは言った。

6

「これはなにかの間違いだわ！」

ローラは部屋を見渡し、怒りと恐れと、言いようのない興奮が混ざり合った思いで声をあげた。

「間違い？」グザヴィエはとぼけてきき返した。使用人が二人、すでに最後の荷物を運びこんだところだ。「どんな間違いだって言うんだい？」

「あなたと二人でスイートルームを使うなんて」

ローラは悪魔でも見るような目でグザヴィエをにらんでいた。彼はしばしば満足感にひたった。ふだんから慣れ親しんだセクシーな駆け引きに興じているほうが、妙な探究心にとらわれてこんなところまで来てしまったことを後悔するよりずっと楽だ。

「二人で使うといっても、共用するのは居間だけだ。二、三日ならかまわないだろう？」

グザヴィエはからかうように黒い眉を上げた。「法科大学院《ロースクール》の学生だったなら、男子学生と部屋をシェアした経験くらいはあるんじゃないのか？」

「それはまったく別の話よ！」

「どこが違うんだい、ローラ？」

「とぼけるなんてあなたらしくもないわよ、グザヴィエ。どうせあなたが仕組んだことでしょう？」

「仕組んだって、なにを？」

「私たちが夜もずっと顔を突き合わせているようによ！」

グザヴィエは浅黒い顔にとまどいの表情を浮かべた。「僕がシークの非嫡出子かもしれないからって、そんなことにまで力が及ぶと思うのか？　しかもフランスから手配したと？　ローラ、想像をたくましくするのもいいかげんにしてくれよ。僕が事前にシーク・ザヒールに連絡して、僕たちを同室にしてくれと頼んだとでも言うのかい？」

「あなたはなんの関係もないって言うの？　まだちゃんと答えていないわ。イエスなの？　それともノー？」

彼女は確かに賢い。あるいは、これは弁護士としての訓練の賜物《たまもの》なのだろうか。うまくはぐらかして質問に答えていないことを、すかさず指摘してくる。

「そんなにひどい状況でもないと思うけどな」グザヴィエは涼しげな色合いで統一された部屋を漠然と示した。石造りの床には、宝石のような色合いの豪華なシルクの絨毯《じゅうたん》が敷かれ、つややかな整理だんすには、さまざまな木材を使った象嵌《ぞうがん》細工がほどこされている。

整理だんすの上に置かれた花瓶からは薔薇《ばら》の花が甘い香りを漂わせていた。「いい部屋じゃないか。広々として、ふつうの部屋の三つ分はありそうだ。おまけに寝室は別。これになんの不満があるんだい？」

「不満なんてないわ。寝室のドアに鍵《かぎ》がないってこと以外はね」グザヴィエがまだ質問に答えていないことに、ローラはちゃんと気づいていた。

「そうかい？　そこまでは気がまわらなかったな」グザヴィエはいたずらっぽく眉を上げ、自信たっぷりに笑った。「たとえ寝室のドアに鍵があったところで、僕が本気で入ろうと思ったら、締め出しておくことはできないよ。そんなことが可能だとでも思っているのかい？」

ローラの心臓は大きくどきんと打った。「ドアを蹴破《けやぶ》るとでも言うの？」その声はかすかに震えていた。

「すごいな。君はそういうのが好みなのか？」

「まさか！」

「僕が言いたいのは……」グザヴィエはささやいた。ローラの目が熱っぽく潤んでいるのを見て、彼自身の欲望も頭をもたげてきた。「もし僕がその気になったら、君が自分から鍵を開けて僕を招き入れるだろうってことだよ」

「頭がおかしくなったの？」ローラはグザヴィエをにらみつけた。「それとも、あなたの住んでいる世界では、あなたが指一本動かせば、女性たちは一人残らずひれ伏すことになっているのかしら？」

二人の視線がまともにぶつかった。「まあ、そんなところだ」

ローラはあきれたようにかぶりを振った。「あなたにとっては、女性は性的な対象にすぎないのね」

「そうじゃないのか？」

「信じられない！　なんて人なの！」

「実際そうなんだからしかたがないよ」グザヴィエはこのやりとりを楽しんでいた。いい気晴らしになるのも確かだが、これだけずけずけ言い返してくる女性も珍しい。「君の反発は言葉のうえだけのことだろう。男が美しい女性を見たら、セクシーな妄想を描くのは自然なことだ。逆もまた真なり。女性だって男を見て同じことを考えている。女性にはそれを認めるだけの度胸がないだけさ」彼は悪びれもせず、濃いまつげの下から熱っぽいまなざしを向けた。「君だって今日、飛行機の中でそうしていたはずだ」

ローラは口ごもった。返す言葉が見つからなかったのだ。グザヴィエはきっと弁護士になっても一流だろう。「とにかく、マリクに部屋を替えるように頼んでくるわ」

「そうしたいならすればいい」グザヴィエは静かに言った。「まあ、時間のむだだとは思うがね。ここでの時間は貴重なはずだ」

再び二人の視線が合った。その瞬間、ローラははっきりと確信した。「なるほど。やっぱりあなたが仕組んだのね」

「さすが弁護士さんだ」グザヴィエはつぶやき、ローラの完璧《かんぺき》な容姿を眺めまわした。クリーム色のシルクのドレスの控えめさが、彼女の自然な美しさを引きたてていた。

赤褐色の髪はうしろで凝った編み込みにまとめられ、美しい卵形の輪郭を際立たせている。ともすれば禁欲的にも見えるそのヘアスタイルも、柔らかなシルクの下にひそむ豊かな曲線をかえって強調しているようだ。グザヴィエは体の奥から強い欲求がこみあげるのを感じ、ほかの心配事などどうでもいいという気になってきた。

今までいったい何人の男があの体を堪能《たんのう》したのだろう？　そう考えただけで嫉妬《しっと》が胸を突き刺した。車の中でのマリクとのやりとりが思い出される。だったら、さっさとものにすればいい。頭の中の声がささやいた。ものにして、きれいさっぱり忘れればいいんだ。

「髪は下ろさないのかい？」グザヴィエは静かに尋ねた。

ローラには意外な言葉だった。グザヴィエの飢えたような視線を感じながら、次はいよいよ誘いをかけられると思い、身構えていたのだ。しかし、彼の質問は、どんな官能的な言葉よりもセクシーに響いた。ローラは思わず手を上げ、丁寧に編みこんだなめらかな髪を撫《な》でつけた。

「下ろすことだってあるわ」

「寝るとき?」

彼の罠《わな》にはまってはだめ。あの甘いキスを何度も思い返しているなんて、悟られたらだめよ。グザヴィエの黒い瞳は、答えを切望するかのように輝いている。今この瞬間、彼もあのキスを思い出しているに違いない。ここでの私にとっての最大の勝利は、別の部屋に移ることではなく、スイートルームに泊まりながら彼の誘惑に打ち勝つことだ。

「もちろん、寝るときには髪は下ろすわ」ローラは無理に明るく答えた。「でも、その姿をあなたにお見せすることはぜったいにありませんから」

グザヴィエはにやりと不敵な笑いを浮かべた。「熱い血の通った男なら、そういう挑戦は受けて立たないではいられない。そこまでわかったうえでの発言かい?」彼はちらっと腕時計に目を落とした。「今のままの姿でも十分魅惑的だが、ディナーに備えて着替えたいのならそろそろ時間だよ」

グザヴィエはさっさと自分の寝室へ向かい、わざとらしいほど丁寧にドアを閉めた。取り残されたローラは彼のうしろ姿を見送りながら、欲求不満にさいなまれていた。それは単に性的なものではなく、うやむやのうちに彼に負かされてしまったことへの不満だった。

窓の外では、インディゴブルーのベルベットのような空を背景に星が強烈な光を放っている。まるで子供が絵筆で描《か》いたような大きな星だ。部屋には暖かな風が流れこみ、薔薇やジャスミンや白檀《びゃくだん》の濃密な香りを運んでくる。

ローラはのろのろと寝室に入り、ドアを閉めた。グザヴィエを撃退し、本当なら達成感に小躍りしてもいいくらいなのに、なぜか頭はいっそう混乱していた。この不安はグザヴィエの行動が読めないから？　それとも、自分自身の感情が手に負えないから？　そして、その感情がこれからさらにつのってしまいそうだから？

ローラはため息をついた。とにかく、この時間を最大限に利用しなければ。頭の中からあのフランス人を追い出し、本物の王宮に滞在する体験を楽しむのよ。西欧諸国の女性でこんな経験ができる者はそう多くはない。自分の娘がこんな場所にいると知ったら、母はきっと感激するだろう。やさしくだまされやすい母。まるで災難を引きつける才能があるようで、いつも男たちに散財させられてはお金に困っていた母……。

一時間後、ローラはすっかり晴れ晴れした気分になっていた。宮殿自体は十四世紀までさかのぼる古いものだが、バスルームは最新式で、大きなシャワーヘッドから勢いよく湯が噴き出し、バスタブも泳げるほど広かった。薄化粧をほどこしてから、体にフィットする深い翡翠《ひすい》色のシルクのロングドレスを身にまとった。最後に、先ほどのグザヴィエとのやりとりを裏付けるかのように、髪をきっちりとシニョンにまとめた。

大きく深呼吸をしてから、居間へ出るドアを開けた。窓辺で巨大な三日月を眺めていたグザヴィエが気配に気づいて振り向いた。永遠とも思えるほど長く、二人はただじっと見つめ合い、立ち尽くしていた。まるで、旧知の男女が突然の再会を果たしたような緊迫した空気が漂う。

グザヴィエは心臓が大きく打つのを感じていた。肌の露出は少ないにもかかわらず、ローラは今まで見たどの女性よりもセクシーだった。誘いをかけてはするりと身をかわすような絶妙な駆け引きを、彼女はごく自然にやってのける。

「きれいだ」

ローラは震える唇でつぶやいた。「グザヴィエ、お願いだからやめて」

「なにをだい?」

「そういうことは言わないで」お願いだからそんな熱い目で見ないで!

「男ならだれでもそう言うよ」

「そんなことないわ」少なくともあなたが言うほどの効果はないはずよ。

「嘘《うそ》をつけと言うのかい? 僕には無理だ。君は本当にきれいだよ」

グザヴィエの言葉が波動となって肌を撫で、ローラは全身がかっと熱くなるのを感じた。彼に称賛のまなざしをそそがれるだけで、自分が本当に美しくなったような気がしてくる。しかし、言葉のうえとはいえ、彼とたわむれ合うのは賢明ではない。ただでさえ危険な相手なのに、今のこの状況ではなおさらだ。

グザヴィエ自身は信じていなくても、ローラは彼がシークの息子だと確信していた。もうすぐグザヴィエは父親に会うことになる。そうでなくても、二人の世界はあまりにもかけ離れているのだ。グザヴィエは富豪のプレイボーイで、私はイギリスの田舎町の弁護士。このうえ彼が王族の血筋だということになれば、たちまち雲の上の存在になってしまう。とにかく、断固として彼を拒みつづけなければ。ローラは決意を新たにした。彼のエキゾチックな容姿がどんなにセクシーだろうと、フランス流の華やかな魅力をどれほど振りまいてこようと、そんなものに動じてはいけない。

遠くから鐘の音が聞こえた。穏やかな音色がゆったりと長く響き渡る。ちょうどそのとき、だれかがドアをノックした。続いて、シンプルな白い衣装に身を包んだ男性の使用人がおじぎをしながら入ってきて、ご案内しますと告げた。

ローラは思わずグザヴィエの方を見た。

「緊張してる?」彼女は尋ねた。

ふだんなら、怒りをこめて冷ややかに否定するところだった。グザヴィエ・ド・メストルはどんな状況にあっても緊張などしないのだと。しかし、今日の彼は違っていた。ひょっとしたら、風が運ぶ白檀の香りのせいかもしれない。あるいは、夜空に浮かぶ三日月のせいかもしれない。いずれにせよ、今夜のグザヴィエはいつもの彼ではなかった。

「いや、そんなことはない」グザヴィエは静かに答えた。二人は大理石の柱が並ぶ廊下を歩いていった。宝石が埋めこまれたきらびやかな天井からは透かし模様のランプが下がっている。「確かに、自分が避けがたい運命にのまれつつあるような気がする。だが、それが自分にはなんの影響も及ぼさないこともわかっている」

「言っていることがよくわからないわ」

「なにが起ころうと、僕には関係ないってことさ」グザヴィエはローラに言うと同時に自分自身にも言い聞かせていた。「僕としては疑わしいと思っているが、もしも仮にシークが僕の父親だとしても、それは単なる運命のいたずらってことだ。生命の誕生は、いつも偶然につかさどられているものさ。それは僕の人生にはまったく関係ない。今までも関係なく暮らしてきたんだ。これからだって同じだよ」

「本当にそう思っているの？」

その質問に対する答えは返ってこなかった。二人はすでに、壮麗な浮き彫りをほどこした両開きのドアの近くに来ていた。ドアは使用人によってうやうやしく開かれた。

そこはバンケットホールだった。巨大な部屋の中には赤々と燃える松明《たいまつ》がところどころに置かれ、中央には優美な装飾つきのテーブルがすえられていた。テーブルにはクリスタルグラスや銀器がセットされ、果物や花に囲まれた象牙《ぞうげ》色のキャンドルがともっている。

「驚いたな《モン・デュー》」グザヴィエはつぶやいた。「こいつはすごい」

グザヴィエはローラを見おろした。彼女の視線は豪華にしつらえられたバンケットホールではなく、問いかけるように彼に向けられていた。好奇心にきらめく澄んだ瞳は、まるで穏やかな緑の湖のようだった。彼はその中に身をひたし、溺《おぼ》れたい衝動に駆られた。

「お母様はお父様の話をなさったことはないの？」ローラは唐突に尋ねた。

エキゾチックな異国の夜の魅惑に魔法をかけられてしまったのだろうか？　だから彼女の質問を一蹴《いっしゅう》することができないのだろうか？　「君にそういう質問をする権利はないと思うがね、ローラ」

「そうかしら？」ローラは穏やかに言葉を返した。「一時的とはいえ、部屋をシェアしているんですもの、多少の権利はあると思うけど」

一筋縄ではいかない女性だと、グザヴィエは思った。おまけに度胸もある。気まずい話題も真っ向からぶつけてくるのだから。向こうに尋ねる度胸があるのなら、こっちにだって答える度胸はあるはずだ。しかし、ずっと抑えこんでいた感情を言葉にするのは容易なことではなかった。感情をことさら表に出すことがなかったのは、今までだれもこの件について詳しく知る者がいなかったからだ。だが、ローラはすでに僕の生い立ちを知っている。今さら隠し立てする必要はないかもしれない。

「母は父についてはほとんどなにも語らなかったんだ」グザヴィエは答えた。彼の瞳は黒曜石のように無表情だった。「父が何者かについて、母は自分の胸一つにおさめていた。僕が知っているのは、父には金も権力もあって、息子をも奪おうとしかねないということだけだ。しかし、父は結局、僕らの前に姿を現すことはなかった。思い出話の一つも聞かされたことはない。僕らにとっては、父は死んだも同然だった。あるいは、一度もこの世に存在したことがないのと同じだったんだ」

一度もこの世に存在したことがない……。母親にそう信じこまされるとは、子供にとってはあまりにもむごい仕打ちだとローラは思った。しばらくの間、二人とも口を開かなかった。その殺伐とした言葉に、二人とも話す気力を失ってしまったかに見えた。

「会ったとたんに憎しみがこみあげてくるかもしれないわね」ローラに言った。もしもそうなったら？　マリクは、グザヴィエは、あるいはシーク自身は、その可能性を考えたことがあるのだろうか？

バンケットホールの中へと進んでいくと、ジャスミンの花の香りがほのかに漂ってきた。

「そうかもしれない」グザヴィエが彼らしからぬ不安げな口調で応じた。

7

「デザートをもっといかがかな?」マリクが穏やかに尋ねた。

給仕を担当するおおぜいの使用人の一人が、金色の皿に盛られた黒々した葡萄《ぶどう》と真紅の石榴《ざくろ》を差し出している。

ローラは首を横に振ると、ゆったりと椅子の背にもたれた。ハラスタンの正式な晩餐会《ばんさん》に出席するのはこれが初めてだが、想像していたような気づまりなものではなかった。仏頂面のマリクが隣、グザヴィエが向かいの席にいることを考えれば、かなり意外だった。

「ありがとうございます。でも、もうおなかがいっぱいで。これ以上一口だって入りません」

「楽しんでもらえただろうか? ふだん食べている洗練された西洋料理に比べれば、かなり簡素なものだと思うが」

「とんでもない」ローラは答えた。「私の住んでいるところでは、たまに贅沢《ぜいたく》して外出するといっても、せいぜい映画を見て、カレーを食べる程度ですもの。こんな豪華なのは初めて。なにもかもがすばらしかった。踊りも本当にすてきでした。歌詞はわからないけれど、言葉のリズムが心地よくて、音楽もとてもよかったわ」

「そうだろうな」マリクがうれしそうに言った。「美しい詩というのは、言語を超越しているものだ。君がたいそう気に入っていた笛だが、あの音色は砂漠を吹き抜ける風の音とそっくりではないか？　ぽかんとしているね。君はまだ砂漠へ行ったことがないのかな、ミス・コティンガム？」

「ええ」ローラは答えながらも、視線はいつのまにかテーブルの向かいのグザヴィエにそそがれていた。彼は隣の席のハラスタン美人と話をしている。その女性は豪華な刺繍《ししゅう》をほどこした衣装を身にまとい、サファイアをはめこんだ金線細工のイヤリングをつけていた。グザヴィエは彼女に魅力を感じているのだろうか？　ローラはふと嫉妬《しっと》を覚えている自分に驚いた。

ちょうどそのとき、グザヴィエが顔を上げた。じっと見ていることに気づかれた？　彼はからかうようにかすかにほほえんだ。ローラの顔をじっと見つめる瞳には、長い夜を約束するような情熱が秘められている。ローラは息がつまりそうになった。翡翠《ひすい》色のシルクのひだに隠すようにして膝の上で指を組み合わせる。今からこんなふうに手が震えているようでは、あとで二人きりになったとき、どう切り抜けるというの？

マリクがローラの視線を目でたどった。「今夜のゲストは皆、王室の古くからの親しい友人ばかりでね。シークはたくさんの子供の名付け親になっているが、あのファラーラもシークが名付け親になった男性のお嫁さんだ。グザヴィエと話していることが心配ならばね」

ローラは目をぱちくりさせ、視線をグザヴィエからそらした。「心配?」思わずすっとんきょうな声をあげてから、あわてて咳《せき》払いをした。「どうして私が心配しなきゃならないんです?」

「これは失礼」マリクは淡々と言い返した。「いや、ちょっと勘ぐってしまったもので。グザヴィエは君の……」彼は肩をすくめ、わざとらしく言葉をにごした。

情報を引き出すには有効な手立てだ。ローラにはわかっていた。そんなものに引っかかってグザヴィエとの関係をぺらぺらしゃべるほど愚かではない。だいたい、グザヴィエとどんな関係だと言えばいいのだろう? 彼は肉体関係を持ちたいという意図をあからさまにして隠さない。私はほてる体を持て余しながら、それは過ちだと自分に言い聞かせつづけている。こんなものは〝関係〟ですらないじゃないの!

「おっしゃっている意味がまったくわかりませんわ、マリク」

「そうかな? それは失礼した」

ローラはうなずいただけで、なにも答えなかった。

「君は控えめで、なおかつ職務に忠実だ」マリクが言った。

「私が雇われたのは、そういう資質を買われたのでしょう?」ローラはナプキンをたたみ、丁寧にテーブルに置きながら、マリクの顔を見た。「そろそろお話ししておいたほうがいいんじゃないかと思うんですが、このあと書類の署名に立ち会う仕事があるんですよね。それはすぐにすむと思います」期待をこめたまなざしをマリクに向ける。「それで、私の任務は終了すると考えていいのでしょうか? 私のここでの仕事はすべて終わったと?」

マリクは皿から白葡萄を一粒取り、手の二でころがした。「私の記憶が正しければ、面接の際、今回の任務終了後、結果しだいでは、引き続き仕事をお願いすることになるかもしれないと言ったはずだが」

ローラは落ち着きなく居ずまいを正した。キャンドルの明かりのせいだろうか? 今夜のマリクの黒い瞳は、グザヴィエの瞳にそっくりに見える。それとも、旅の疲れや予期せぬ興奮や青の宮殿の目の覚めるような美しさのせいで、感覚がおかしくなっているだけだろうか?

「でも、もうおおかた終了しているということですよね?」ローラは弱々しく言った。

「いや」マリクは首を横に振った。「君の任務が終了したかどうかは、シークがお決めになることだ」

「それはいつになるんです? 数日後? 数週間後?」それまではグザヴィエと二人、奇妙な同居生活を強いられることになる。ローラはマリクの目を見ながら、彼がグザヴィエと同じくらい非情な男なのだと悟った。欲しいものは必ず手に入れる。丁寧な物腰の裏で、頑として意志を曲げない男であることが、そのまなざしにははっきりと表れていた。帰っていいと許可されるまでは、ここから逃れられない運命なのだ。ローラは遅まきながらそう悟った。

そのとき、マリクが首をまわしてドアの方を見た。ほっそりした若い女性がバンケットホールへ入ってきたところだった。彼女はライトブルーのドレスとベールをまとっていた。そのベールの下の髪が金色に輝いていることを、ローラは見逃さなかった。肌も透き通るように白い。服装はかなり古風な印象だ。女性はブルーの瞳をきょろきょろさせ、マリクをさがし出すと、小さく会釈をしてから、入ってきたのと同じドアから出ていった。

「今のはどなた?」ローラは尋ねた。

短い間があった。「名前はソレルというんだ」

「ハラスタンの方には見えませんでしたけど」

「ああ、彼女はイギリス人だ。私は彼女の後見人なんだよ」

「後見人?」

「驚いているようだな、ミス・コティンガム」

「ええ、少し。最近イギリスではあまり後見人という言葉は聞きませんもの」しかし、あの女性の古めかしい服装から考えれば自然なことなのかもしれない。この国では、独身で親のいない女性にはだれかしら保護者が必要と考えられているのだろう。

「ここは保守的な国なんだよ」マリクが言った。「女性は大切に保護される。ソレルの両親は亡くなったが、彼女の家は家族ぐるみでハラスタンと親交が深かった。彼女はシークにとっても非常に近しい存在なんだ。さてと、国王陛下はあのフランス人と会う準備が整ったらしい」

マリクは腰を上げ、そばにいた使用人を呼ぶと、身を乗り出してなにやら母国語でささやいた。ローラは使用人がテーブルの反対側にいるグザヴィエのもとへ行き、伝言を伝えるようすを眺めていた。

「私はこれで失礼させていただくが、よろしいかな?」マリクが言った。「だれかに君を部屋まで送らせよう」

「ありがとうございます」

マリクは身をかがめて、小声で耳打ちした。ローラが耳をそばだてなければ聞こえないほど小さな声だった。「もしも興味があればの話だが、必要なら君の寝室のドアの鍵《かぎ》がある。化粧室に置かれた小さな桑の木箱に入っているから。それと、居間の大きな戸棚にアルコールがある。我々にその習慣はないが、西側からの客人をもてなすぐらいの配慮はあるんだ。では、ゆっくりおやすみなさい、ミス・コティンガム」彼はどこかからかうような口調で言った。

「おやすみなさい」ローラはぼんやりと挨拶《あいさつ》を返してから、目をまるくしてマリクのうしろ姿を見送った。前時代的な言葉を使うなら、彼はつまり〝操を守る〟手段を教えてくれたということ？　ついさっきも、この国では女性は大切に保護されると言っていた。

グザヴィエが立ちあがるのが見えた。その顔はまるでみかげ石の像のようだ。口元も無表情なら、まなざしも冷たい。動揺のかけらも見えない彼の顔を見つめながらも、ローラの胸は痛んだ。心の中では、彼もきっと不安を抱いているに違いない。億万長者のプレイボーイだって、一皮むけばただの人間なのだ。脈々たる伝統と権力を受け継ぐ一国の支配者が本当に自分の父親なのかどうか、これから確かめに行こうというときに、動揺しないわけがない。

グザヴィエとマリクは肩を並べて部屋を出ていった。まるで古くからの同胞のように。飛行場で二人の間に感じられた緊張は、すっかり消えている。

マリクが鍵のありかを教えてくれたのは、やはり女性を守ろうという配慮なのだろうか？　それとも、グザヴィエがここにいる間、快楽に身をひたすのを妨げようというのが目的だろうか？

ローラは先ほどのグザヴィエの言葉を思い出し、唇を噛《か》んだ。

〝寝室のドアに鍵があったところで、僕が本気で入ろうと思ったら、締め出しておくことはできないよ。そんなことが可能だとでも思っているのかい？〟

部屋に戻ったローラは、絨毯《じゆうたん》に繊細な影を落とすランプの明かりの下で顔を洗い、ドレスを脱いだ。それから、とめていたピンを一本一本抜き取って豊かな髪を下ろし、柔らかなシルクのナイティをまとった。

しかし、眠りにつくことはできなかった。ひんやりと心地よい麻のシーツを敷いた低いベッドに身を横たえていても、グザヴィエのことが頭から離れなかった。今この瞬間、シーク・ザヒールとどんな話をしているのかと考えないではいられない。結局、眠るのをあきらめてベッドから出ると、窓の鎧戸《よろいど》を開けた。窓は宮殿の庭に面していた。そこからの眺めに、ローラは息をのんだ。

銀色の月明かりに照らされ、一本の広い道が湖へと続いている。湖は完璧《かんぺき》な形に刈りこまれた低木で縁取られていた。ここからでも、見知らぬ花の甘い香りが感じられる。そよ風が木の葉を揺らし、ローラの髪をなびかせる。これがヴェルサイユ宮殿でもハンプトン・コート宮殿でも、そのほか世界各地のいずれの名園であっても不思議はなかった。ただ、夜空で狩りをする大きな鳥の影を見ると、痛感せざるをえない。人はある程度まで環境を意のままに操ることができるけれど、ここは自分がこれまで慣れ親しんだところよりもずっと野生の厳しさを残した土地なのだと。

窓辺に座っていても、時間は遅々として進まなかった。やがて、スイートルームの入口のドアが開く音がした。ローラは息をひそめた。あたかもなにかを待っているかのように。いったいなにを？　グザヴィエが私の寝室のドアをノックするかどうかを？

しかし、ノックはなかった。そのかわり、静かに鎧戸を開ける気配がした。音をたてまいと細心の注意を払っているようだ。そのあとはただひたすら沈黙が続いた。

グザヴィエはもうベッドに入ったらしい。自分も同じようにすべきなのはわかっていた。けれど、エアコンのせいで喉がからからに渇いている。居間から冷たい飲み物でも取ってこよう。

ローラはナイティとそろいのシルクサテンのローブを身にまとうと、ウエストの紐《ひも》をぎゅっと締めた。そして、居間を横切っていった。星空を背景に立っている暗い人影には、最初のうちまったく気づかなかった。その人影は立像のように微動だにせず、静かだった。だが、それが突然動きだした。まるで、舞台上の人物にいきなりスポットライトが当たったかのように。ローラは驚いて小さく悲鳴をあげた。

グザヴィエがこちらを向いても、顔は影に包まれていて表情は見えなかった。しかし、仮に白日の下にさらされていたとしても、彼の心の中を読み取ることは不可能だったかもしれない。その顔はバンケットホールを出ていったときと同じ、まったくの無表情に違いないのだから。

シークとの面会のあと、いきなり目の前に悩ましい姿の女性が現れ、グザヴィエはさらなる混乱に追いこまれた。彼女の豊かな胸がつややかなシルク地を押しあげている。グザヴィエの脈は速まり、ただでさえ乱れていた思考はすっかり収拾がつかなくなった。

「そこでなにをしているんだ?」彼はとっさにきつい口調で尋ねた。

「眠れないのよ」

グザヴィエは窓を離れた。ランプの明かりが彼の顔を照らし、その瞳の険しい表情を映し出す。

「だったら、横になって目を閉じていればいい」彼は嘲《あざけ》るように言った。「そんなところに立って僕をじろじろ見ていたんじゃ、よけい眠れないだろう」しかもそんな姿で……。「いったいなにをしようというんだ? さっきは同室になることにあれだけ大騒ぎしておきながら、結局は僕を誘惑することにしたのか? だから夜の夜中に、裸同然の格好でのこのこ出てきたのか?」

「裸同然なんかじゃないわ。それに、あなたがまだ起きているなんて思わなかったのよ。水を一杯取りに来たの。それだけだわ!」

「それなら、さっさとそうすればいいだろう!」

こんなグザヴィエは初めてだった。精悍《せいかん》な顔が緊張でこわばり、肌が引きつって見える。頬のあたりの筋肉がぴくぴく動くのが見て取れる気がした。おそらく、途方もなく大きなプレッシャーを内にかかえこんでいるのだろう。なんとか発散させなければ、すぐにも爆発してしまいそうだ。

グザヴィエのいらだちを感じて、ローラはなぜか彼に同情を覚え、髪を撫《な》でてあげたい衝動に駆られた。彼があんなふうに過剰に反応しているのは、今夜の面会での出来事に少なからず動揺している証拠に違いない。どんなに裕福だろうと、どれほどの権力を握っていようと、どれくらい多くの女性に憧《あこが》れのまなざしを向けられていようと、彼はきっとこの世でたった独りぼっちなのだ。ローラは今初めて気づいた。

なぜそれがこんなにも気になるの？

「なにか飲む？」ローラは頭に浮かんだ疑問を無視しようとした。だれだってあの寂しそうな瞳を見れば、ほうっておけなくなるわよ。

「水はいらない。食事のときに飲まされたあの妙なメロンカクテルもごめんだ。本物の酒があればいいんだがな」ローラが部屋を横切り、ウォルナット材でできたつやのあるキャビネットに歩み寄るのを、グザヴィエはいぶかしげに目を細めて眺めていた。「なにをしているんだ？」

「飲み物を取ってあげようと思って」

「言っただろう、酒以外はいらない」

「ここにお酒が入っているの。マリクから聞いたのよ」ローラはキャビネットを開けた。中には何種類ものアルコールと、異なるサイズのグラスがずらりと並んでいる。「魔法使いになった気分だわ」彼女は冗談を言った。本当はシンデレラになりたいんじゃないの？ 頭の中の声がからかう。「なにを飲む？　ワイン？　ビール？　シャンパン？」

「シャンパンって気分じゃないな」グザヴィエは沈んだ声で言った。

父子の対面を祝うつもりはないらしい。ローラはハラスタン産ワインのボトルを手に取り、ラベルをグザヴィエに向けた。「これを試してみましょうか？」

「いいんじゃないか？」グザヴィエはボトルを受け取り、ほとんど黒に近い液体を、二つのクリスタルグラスについだ。その動作に気がまぎれたのか、いくらか表情がゆるんだ。

「それにしても、得体が知れない飲み物だな」彼は顔をしかめた。「ハラスタン産ワインは、ワイン愛好家のお気に入りからはほど遠い」

ローラはグラスをグザヴィエから受け取り、一口飲んだ。甘く濃厚で、かなり強い。今の彼にはちょうどいいかもしれない。そして私にも……。

「ずいぶん強いのね」

「気に入ったかい？」

「甘草《リコリス》みたいな味がするわ。ほかにもなにか入っているようね」ローラはグザヴィエを見あげた。「でも、ワインの話はこれくらいにしましょう。シークとなにを話したの？」シークは本当にあなたのお父様だったの？　あなたはそれを受け入れられるの？

グザヴィエはワインをぐいと一口飲み、顔をしかめた。そして、乾いた唇を舌で湿した。

「僕も君の立場だったら、当然ききたくなるだろうな」

ローラは長椅子に腰を下ろし、期待をこめて彼を見つめた。「どんな人だった?」

少し間があった。「年寄りだった」グザヴィエはぽつりと言うと肩をすくめ、ローラの顔に目を向けた。彼女の表情は穏やかで、そこに表れているのは純粋な気遣いだけだった。

「たくましくて強健であってほしかったの? 憧れを満たしてくれるような男盛りの父親を期待していたの?」大胆にもローラは尋ねた。

グザヴィエは首を横に振った。「まさか。頭ではわかっていた、もう高齢だってことは。だが、あそこまでとは思わなかった。僕は三十三だが、彼は八十を超えている。僕の母親よりも三十歳近くも年上なんだ」

「別にたいしたことではないじゃないの。ハリウッドでは話題にもならないわ」

「フランスでだってそうさ」グザヴィエは言い返しながら、自分でも支離滅裂なことを口にしているのはわかっていた。「だが、そういう年齢の差というのは、年をとってから初めてその現実に気づいてショックを受けるものなんじゃないのかな」それは、自分自身もいつかは老いるのだという現実を突きつけられるからだろうか? 歳月がまたたく間に過ぎ去るということを自覚せざるをえなくなるからなのか?

「なんだか怒っているみたいね」

「ああ、怒っているさ。かまわないだろう?」

「でも、なぜ怒っているのかは考えてみるべきじゃないかしら」

グザヴィエは口元をゆがめて皮肉っぽくほほえんだ。「君は弁護士だと思っていたが、いつから心理学者のまねをするようになったんだ？」

「ねえ、あなたのまわりの人たちはいつもあなたに全面的に賛成するの？　それともあなたが、他人に自分と違う意見を言われて、そっちのほうが正しいってことになるのに耐えられないだけ？」

グザヴィエはローラの歯に衣着《きぬ》せぬ物言いに驚いていた。しかしそれ以上に、彼女のエメラルド色の瞳に表れたやさしさに心を揺さぶられていた。これまで感情というものをことごとく排除するまでに自分を鍛えてきたつもりでいたが、そうではなかったのだと今さらながら思い知らされた。今回のことに、予期していた以上に動揺している。それを認めるのはいけないことなのだろうか？　こういう立場になれば、だれしもこんなふうに感じるのが自然なのではないだろうか？

「そうかもしれない」グザヴィエは言い、問いかけるようなローラの瞳をまっすぐに見つめ返した。「とにかく、もう大昔の話なんだ」彼はぽつりぽつりと話しはじめた。「母はパリで女優として舞台に立っているとき、ザヒールに見そめられたそうだ。シークは母のことを、野心と情熱とやさしさにあふれた女性だったと言っていたよ」彼は語気を強めた。

「まあ、そういうところが魅力だったんだろう」

「それにもちろん、美人だったんでしょうね？」

「ああ、母はきれいな人だった」グザヴィエは抑揚のない口調で返した。「それは美人だったよ」

「そのあとどうなったの？」

「愛し合うようになった」

「人目を忍んで？」

「もちろんだ。ザヒールはすでに結婚していた。ましてや有名人だからね」

「それで……？」

グザヴィエは柄にもなくためらっていた。シークの瞳には悔悟の念がにじみ出ているように見えた。あれは、死にゆく者が遠い昔の肉体の喜びを思い出し、懐かしさにひたっていただけなのだろうか？　それとも、一度は愛し合った女性を、その愛の結晶がこの世に生まれ出たことすら知らずに捨てたことを、心底後悔していたのだろうか？

「ザヒールはハラスタンに戻った」グザヴィエは静かに言った。「母には二度と会うことも、連絡することもなかった」

「それじゃ、息子がいるということは知らなかったのね？」

グザヴィエはローラをじっと見つめた。口から発せられたのは、自分のものとは思えないほどこわばった声だった。「そこが不思議なんだよ。彼は僕のことをまったく知らなかった。少なくとも本人はそう言っていた。僕の存在は、二、三年前、過去の過ちを清算しようとしているときに知ったんだそうだ。補佐官がフランスの新聞に載っている僕の写真に目をとめたのがきっかけだったらしい」彼は苦笑した。「顔がうり二つだと、その補佐官に言われたそうだよ。僕自身はザヒールの写真を見ても納得しなかったんだから、なんとも皮肉な話だな」

「それじゃ、今回シークがあなたの父親だと納得した根拠になんなの？」ローラは静かに尋ねた。

それは、直感的なものだと言ってもよかった。心の奥底で感じるような本能的な感覚……。しかし、今まで本能などというものに惑わされることのなかった男としては、それを認めたくはなかった。事実や証拠がものを言う世界で生きるほうがはるかに安全だ。

グザヴィエはズボンのポケットに手を入れ、ポケットの中身をてのひらにのせて出した。それは月明かりに照らされて輝いていた。「これは僕がパリから持ってきたものだ。母の形見はこれだけだった。これと、色あせたリボンだけ」

「なんなの？」ローラはささやいた。

グザヴィエはローラが座っている長椅子に歩み寄り、手を差し出した。彼女は震える指で、グザヴィエの手の上のものをつまみあげた。それは金の指輪だった。月明かりの中ではっきりしないものの、ルビーらしき石が星形にはめこまれている。

「ザヒールもこれとまったく同じものを持っていた。大変貴重なもので、人に贈ることはめったにないそうだ」

「つまり、あなたのお母様はシークにとって本当に大切な存在だったたってことね。お母様はそれをご存じだったのかしら？」

グザヴィエは肩をすくめた。「さあな」

彼にはそうは思えなかった。もしそうだとしたら助けを求めてもいいはずなのに、母はつましく暮らしながら必死にザヒールから息子を隠そうとしていた。そんな母を見て育ったせいで、自分も人を信じられなくなったのだろうか？　ふとそんな考えが脳裏をよぎった。

「忘れていたほうが楽だったんだろう」グザヴィエは静かに言った。「だれかに大切にされていると思うと、人は夢を抱いてしまうものだ。それがどんなに実現不可能なものであってもね」

ローラはグラスを下ろした。「お母様は一度もシークにあなたのことを知らせようとは思わなかったのかしら？」

グザヴィエは悲しげにうなずいた。恐怖に取りつかれて息子を父親からひた隠しにした母を恨んでいるほうが気が楽だった。しかし、年を重ね、経験を積むとともに、母がなぜそんな行動をとったのか理解できるようになっていた。

「ザヒールには嫡出子は一人もいない。しかもこの国では、男子による王位の継承は絶対だ。僕の存在が知れたら、彼が強大な権力を駆使して僕を奪い去るものと恐れていたんだろうな。だから母は自分の実家にすら知らせずに、息子と二人、ひっそりと暮らしていたんだろう。だれかの耳に入れば、どこかでシークに伝わるかもしれない——そこまで不安に感じていたんだ。母は家族からも消息を絶ち、僕らは息をひそめるようにして暮らした。貧しく、つつましくね」

「貧しかったの？」ローラが驚いたように尋ねた。

グザヴィエは声をあげて笑った。「ああ《ウイ》、かわいい人《シエリ》。僕は生まれたときから裕福だったわけじゃない。だけど、暮らしは安定していた。食卓には必ず食べ物があったし、暖炉には暖かい火が燃えていた」しかし今になって、育った環境によってもたらされた影響をひしひしと感じはじめている。人目を忍ぶように貧しい生活をしていたせいで、百万回も生きられるほどの富をかき集めるようになったのだろうか？　感情のように足かせとなるものはすべて捨て去って？

「それで、シークはなぜあなたに会いたいと思ったのかしら？　どうして今になって？」

「去年王妃が亡くなって、自由に動けるようになったからだろうな。それまでほうりっぱなしにしてきた過去を、一つずつ清算することにしたらしい。王妃が生きている間は、よそで産ませた子供についてわずらわせるのは気が進まなかったと見える」グザヴィエは口元をゆがめて笑った。「妻に対して誠実ではなかったものの、少なくとも大切にしようとはしていたようだ」

「シークはあなたを……後継者にするつもりなのかしら？」

「それに関しては妙なことを言っていたな」グザヴィエは答えながら、シークがその話題を持ち出したときのようすを思い出していた。シークは詩の一節を引用するかのようにぼんやりとつぶやいたのだ。「〝王とは選ばれるものにあらず、引き継がれるものなり〟」

「どういう意味？」

グザヴィエはいぶかしげに目を細めた。すでにもう、話すべきでないことまでローラに話してしまった。彼女は僕が一国をおさめる王となることに、すっかり興味をそそられているようだ。その武器があれば、彼女をベッドに誘うのがさらに簡単になるだろうか？　そろそろそれを確かめてみる頃合《ころあい》かもしれない。

体の奥深くで欲望が脈打っている。頭がどうかしてしまったのか？　薄暗い部屋で美女と二人きりだというのに、おまえはいったいなにをしているんだ？　悩み相談か？　心の中の秘めた部分を女にさらけ出してどうする？　それよりも、甘い体に溺《おぼ》れたほうがずっといい。

ローラを見つめていると、脈動はさらに強まった。「髪を下ろしたんだな」グザヴィエは唐突に言った。

ローラは瞬時に二人を包む空気が変わったのを感じた。グザヴィエの瞳の表情も違う。その黒さには、目を欺くありとあらゆる要素がひそんでいるように見えた。まるで一瞬一瞬で姿を変える万華鏡のようだ。硬く険しい輝きから、甘美な約束を秘めた光まで、さまざまな色に彩られている。

「髪を下ろしたんだな」グザヴィエはかすれた声で繰り返した。「まるで、背中を流れ落ちる血の色の滝のようだ」

官能的な言葉を耳にした瞬間、ローラの口の中はからからに乾いた。言葉で愛撫《あいぶ》されたかのように、たった今までなめらかに出てきていた声さえ失ってしまった。

グザヴィエはゆっくりしたしぐさで指を曲げ、ローラを手招きした。

「おいで」彼はささやいた。

ノーと言うのは容易なはずだった。さっきまでなら、あっさり断れたかもしれない。だが、グザヴィエの告白を聞いたことで、なにかが変わっていた。それがローラの壁を打ち砕き、無防備な体に不思議な渇望を呼び覚ましていた。彼に胸の内を明かされて、肉体的に惹《ひ》かれる以上に、もっと深く結びつきたいという思いが生まれたのだ。グザヴィエとの間に求めているものはすでにセックスを超えている。彼の頭を胸に引き寄せて黒髪を撫で、慰めてあげたかった。でも、そんなことができるの？　今この欲求に身をまかせるのは正しいことなのかしら？

グザヴィエは眉を上げた。これまで女性を誘う言葉を二度繰り返さなければならないことがあっただろうか？　いや、初めてだ。「迷っているのかい？」

ローラは内なる葛藤《かっとう》に耐えながら、彼の美しい顔を見つめた。私は間違った道に進もうとしているの？　彼は心を開き、二人の距離を縮めてくれた。それは、私を少なからず尊重してくれている証拠じゃないの？

しかもこの経験は、私の魂にとっても癒《いや》しとなるはずだ。女ならだれしも夢見るような理想の男性との一夜は、ジョシュとのつらい記憶を忘れさせてくれることだろう。

でも、そのあとは？　心まで捧《ささ》げてしまったらどうなるの？　グザヴィエはジョシュなどとは比較にならないほどの威力で、私の心を粉々に打ち砕いてしまうかもしれない。

そう、だから心は捧げない。

男は、体は体として割り切れると言う。だったら、女にだってそれができてもいいはずだ。女友達の中にも、そうして楽しんでいる人たちはいる。

心の中にわき起こるさまざまな疑いの声は、やがて水面に浮かぶ泡のように消え去った。欲望に身をまかせることにしよう。ローラは立ちあがり、腕を広げたグザヴィエに一歩ずつ近づいていった。

8

薄明かりの中、グザヴィエは口元をゆがめてほほえんだ。ローラの柔らかな体を両腕で受けとめながら、欲望はしばし勝利の満足感に取って代わられた。しかし、彼女の感触に情熱を新たにしつつも、かすかに胸を刺す落胆に気づかずにはいられなかった。

これではいつもと同じじゃないか。彼女の曖昧《あいまい》な態度にどれほど興奮を覚えたことか。待つという行為にどんなに官能を刺激されたことか。どうせなら、もう少しじらしてくれてもよかったものを……。

グザヴィエは親指をローラの胸の頂にすべらせた。彼女の震えが指に伝わってくる。

「君は気づいていたかい？　ずっとこんなふうに君の胸に触れたかったんだ」彼はもの憂げな口調で言った。

ローラは喜びにひたりながら目を閉じた。「そうなの？」

「ああ。君がオフィスに入ってきた瞬間から、僕は君の服を脱がせたかった」

「いつも……そう思うの？　女ならだれにでも？」ローラは震える声で尋ねた。そんなことをきいたら、危険な領域に足を踏み入れることになるかもしれないと知りながら。

「女ならだれにでも？　いいや《ノン》。しかし、君と同じくらい美人になら……ああ《ウィ》、ぜったいにそう思うだろうな」

ローラは身をこわばらせ、自分をたしなめた。答えを聞くことに耐えられないのなら、最初から質問なんかしなければいいじゃないの！

「力を抜いて、かわいい人《シェリ》」グザヴィエは甘くささやいた。「ほかの女性のことなんて考えなくていい。今、僕と一緒にいるのは君なんだからね」彼は身をかがめ、ローラの耳元に唇を近づけた。ローラは首筋に熱い吐息を感じた。「ずっとこうして君に触れていてもいいんだよ。最後までずっと」

グザヴィエの親指は羽根のように軽く胸のふくらみをたどっていく。そのあまりの心地よさに、心をかき乱す考えなどあっさり消え去っていく。快感と衝撃が混ざり合った感覚に、ローラは再び目を閉じた。ただの体の交わりだったはずが、このまま一直線に天国まで連れていってもらえそうな気さえする。まだ始まったばかりだというのに。

「グザヴィエ……」ローラは驚きの声をもらした。

グザヴィエはもう一方のふくらみをてのひらで包みこんだ。ローラはすっかり快感に溺《おぼ》れている。それにしても、堅苦しい弁護士の顔と、その下にひそむセクシーな妖婦《ようふ》の顔――なんと対照的なのだろう。彼は頭を下げ、敏感になっているふくらみの先端に軽く唇で触れた。舌でもてあそぶようにころがしながら、くぐもった声で言う。「こうするだけで、感きわまって声をあげさせることもできるんだよ。胸を舌で愛撫《あいぶ》されただけで絶頂に達したことはあるかい、シェリ?」

自信たっぷりの言葉を聞いて、ローラはとまどいを覚えた。先のことなど考えず、ただこの一瞬を楽しめばいいと思ったはずなのに。グザヴィエが今まで相手にしてきたのは、世界じゅうの経験豊かでセクシーな美女たちなのだろう。私のような女は足元にも及ばない。

「今までそれほど感じさせてもらったことは?」グザヴィエは余裕たっぷりに尋ねた。

ローラは不安に襲われた。グザヴィエは今、胸に顔をうずめて、この上ない喜びを与えようとしてくれている。でも、もしも私が彼を喜ばせることができなかったら?　もしも彼に経験豊かで大胆な女だと誤解されていたら?　実はほとんど経験らしい経験もない未熟な女だということがわかったら、彼はいったいどう思うだろう?

「キスして、グザヴィエ」ローラはささやき、震える手で彼の肩にしがみついた。「お願い!」

ローラの子供じみた要求に、グザヴィエは驚いた。顔を上げ、彼女の顎を指で支えて、瞳をのぞきこむ。赤毛に縁取られたハート形の色白の顔の中で、緑色の瞳が二つの大きなエメラルドのように輝いていた。

なんと生気にあふれて、美しいのだろう。グザヴィエはそう思いながら、飢えた唇をローラの唇に押しつけた。しかし、息をするのももどかしく唇を重ねた瞬間、なにかを感じた。そしてキスは、彼が予想していたのとまったく異なるものになった。欲望をむき出しにした荒々しいキスは、たちまちやさしく誘うような口づけへ変わり、さらに甘くなだめるようなものへと変わった。唇は、二人の親密さを鮮やかなまでに伝え合い、互いを知り合い、求め合う道具となった。

キスは長引き、ローラは繊細な蔓《つる》草のような腕をグザヴィエにからめた。突きあげる欲望の激しさに、グザヴィエはすべてを忘れてしまいたかった。今はほかに闘わなければならない相手があまりにも多い。突然名乗りをあげた父親への複雑な感情、ローラへの思いがけない気持ち、そして自分自身。

「ローラ」彼は唇を触れ合わせたままうめいた。

グザヴィエの吐息を感じ、ローラは身を震わせた。「なあに？」

グザヴィエは言いたかった。そんなふうにキスしないでくれ、と。ローラにはもっとみだらになってほしかった。寝室では、女性にいつもそうあってほしいと願っている。だが、これではまるで……。

かたくなにエロスを求めるかのように、グザヴィエはローラの体を撫《な》でた。「君をどうしてあげようか？　すぐにもその体からナイティをはぎ取ってしまいたくなるよ。血気盛んな十代の若者みたいに壁際に追いつめて、立ったまま激しく求めればいいのかい？」彼は震える声で尋ねた。「教えてくれ。どうしてほしいんだ？　熱く激しいのがいいのか？　それとも、甘くやさしく攻められたいのか？」

「私にはわからない……」ローラはつぶやいた。世界一のプレイボーイはなにがいちばんお好みなのか、見当もつかなかった。

時と場所が違えば、ローラの心もとなさそうな返事は、これまで聞いたどんな言葉よりもエロチックに響いただろう。しかし、今夜、さまざまな精神的ストレスにさらされつづけた末、彼女に心情を吐露してしまったグザヴィエは、自分が心細いほど無防備になっている気がしていた。そのせいで、まるで乾いた砂漠の砂に肌をちくちくと刺されるようないらだちを覚えた。

「わからない？」彼は皮肉っぽく繰り返した。

せっかくの時間を、私はだいなしにしようとしている。ローラは自己嫌悪に駆られた。やはりジョシュの言うとおり、セクシーさのかけらもない女なのだ。「教えて」

教えてだって？　とんでもない可能性が思い浮かび、グザヴィエは身をこわばらせた。

「まさか、バージンじゃないだろうな？」

私はそんなふうに見えるの？　男性をまったく知らないほど不器用でぎこちなく見えているの？「そんなはずないじゃないの」

いったいなにを考えているんだ、ばかみたいな質問をして？　このエキゾチックな異郷の地へやって来て以来、頭の中がおとぎ話に支配されてしまっているかのようだ。彼女くらいの年ごろの女性をバージンだと思うとは！

いいだろう、教えてやろう。グザヴィエはローラの脚をおおうなめらかなシルクをかき分け、指先で柔らかな腿の内側をたどっていった。ローラが息をのむのがわかった。

「シャツのボタンをはずしてくれ」グザヴィエはそっけなく命じた。

ローラは指の震えを必死に抑えつつ、言われたとおりグザヴィエのシャツのボタンをはずそうとした。しかし、緊張と興奮で指が思うように動かない。神様、お願い、今夜一夜だけは私の思いどおりにさせて。そんなささやかな願いすらかなわないの？「手が震えているわ」

「そのようだな」グザヴィエは冷ややかに言った。

「グザヴィエ！」次の瞬間、ローラは声をあげた。グザヴィエがローラの首筋に口づけしながら、同時に彼女の脚の間に触れたのだ。

「まず最初にこのまま天国を見せてあげようか？　それとも舌を使ってほしいかい？　そうでなければ……こっちかな？」

グザヴィエはローラの手を取り、高まった体に押しつけた。心の命じるままにふるまえばいいのよ。ローラは自分に言い聞かせた。彼と一夜を過ごすのは、これが最初で最後かもしれない。だったら、ありとあらゆるエロチックな夢を、今ここで実現したらいいじゃないの。ローラはおそるおそる彼の体を撫でながらささやいた。「あなたが欲しいの」

「まいったな」グザヴィエはうめいた。「頭が変になりそうだ！　君のしぐさや言葉はまるで……」まるで、なんなんだ？　バージンみたい、か？　いや、そうではない。だがその雰囲気には、どこか特別なもの、ほかの女性とは違うものを感じる。あたかも心からの思いを告げられているような気がする。

グザヴィエが今まで相手にしてきた経験豊かな女性たちは、洗練された官能的な技巧で彼を喜ばせた。一方、ローラの反応には、彼女たちとはまったく異なる、飾らない素直なものを感じる。しかし、それがどうしたっていうんだ？　グザヴィエは身をこわばらせた。どうだっていいじゃないか。

ローラがうぶだからって、それがなんなんだ？　彼女の前で感情をさらけ出してしまったのは愚かだったが、もうすんだ話だ。あの苦い記憶を消し去って、ほかの記憶を植えつけるには、今が絶好の機会じゃないか。

ものの数秒でグザヴィエは決意を新たにした。体の奥から再び欲望がわきあがってくる。持てる技のすべてをローラに披露してやろう。今夜感じる快楽に比べたら、あとに続く男たちがことごとくかすんでしまうほどのテクニックを。

グザヴィエは無言のままローラを抱きあげた。

「君をベッドに連れていくんだよ。そのほうがゆっくり君の体を堪能《たんのう》できる」グザヴィエはそう言って、自分の寝室へローラを運んでいった。

「なにをするの？」

〝君の体を堪能できる〟

その言葉が官能的なのか、それとも屈辱的なのか、ローラは決めかねた。けれど、ほてった体は、もう引き返すには遅すぎると告げている。ただ彼のたくましい胸に抱かれ、運ばれていくしかなかった。

そこはローラの寝室と比べてはるかに豪華だった。しかし、ベッドに横たえられ、そびえ立つ立像のようなグザヴィエに見おろされたとたん、部屋を気にする余裕などなくなった。彼の黒い瞳は、まるで女としての価値を値踏みするかのように、彼女の体を眺めまわしている。

「僕はたくさん着すぎているな」グザヴィエはシャツを脱いでほうり出した。

ローラはごくりと喉を鳴らした。グザヴィエの上半身は鍛え抜かれた筋肉におおわれ、岩のように引き締まっている。胸毛は誘うように、彼が今ベルトをはずしているところまで続いている。

グザヴィエはズボンのファスナーを下ろしながら、ローラが目を見開いているのに気づいていた。そう、その調子だ。

これなら、いつものグザヴィエのペースだった。女性を喜ばせ、飽きたら立ち去る。今夜ではないかもしれない。明日でもないかもしれない。しかし、遅かれ早かれ、彼は去ることになる。寸分の迷いもなく、振り返ることもせずに。

「グザヴィエ……」ローラはつぶやいた。彼がズボンを脱ぎ去るのを見て、その肉体のあまりの美しさに突然気おくれを感じてしまったのだ。引き締まった腰、たくましい腿……。ローラは目を閉じた。

「目を開けて」グザヴィエは静かに言い、ベッドに横たわって彼女を抱き寄せた。そこで眉をひそめる。「震えているね？　怖いのかい？」

「気おくれしちゃって」

グザヴィエは冷ややかに笑った。「さすがに弁護士だ。言葉には正確だな。だが、今そんなものを感じている暇はない。君もたくさん着すぎているよ」彼はローラのガウンとナイティを脱がせた。そこで初めて豊かな胸のふくらみを見て、思わずうめき声をもらしそうになった。「じっくり鑑賞するのはあとにしよう。とりあえず、お互いに飢えを癒《いや》さないと。僕はもう我慢の限界まできている」グザヴィエはかがみこみ、薔薇《ばら》色の胸の頂を舌先でもてあそんだ。

ローラの背筋を強烈な快感が走った。「ああ、グザヴィエ！」

グザヴィエは少し顔を上げ、満足そうにうなった。ローラが枕《まくら》に倒れこむと、赤い髪が炎のように広がった。彼は舌で胸の谷間をたどり、おへそをくすぐったあと、さらに下へと下りていった。そのとき、ローラが彼の両肩をつかんだ。

「だめ！　やめて」

ローラが夢中で口走るのを聞き、グザヴィエは再び顔を上げた。そして、目を細めて彼女を見た。「いやなのかい？」

ローラ自身にもよくわからなかった。ジョシュはあまりその行為が好きではなかった。しかし、今ここで愛撫の好みについて論じ合うのは、あまりにも味けないことのように思える。

ローラは今までずっと、グザヴィエとは単にすばらしいセックスを楽しむだけで、それ以上でもそれ以下でもないのだと自分に言い聞かせつづけていた。とはいえ、女性だったらだれしも、ロマンチックな思いがわきあがってくるのを抑えることはできないはずだ。男性と体を重ねたとき、ハートや花で縁取られたおとぎ話のようなハッピーエンドを一瞬でも夢見ない女性がいるだろうか？　男性のほうだって、本気ではないにしても、本気のふりをするくらいのことはしてくれてもいいのでは？

「君はなにが欲しいんだい、シェリ？」ローラの不安を感じ取ったのか、グザヴィエが尋ねた。

「ちゃんとしてほしいの」彼が持っている百万の技巧を披露されたら、それにちゃんと反応できるかどうか、ローラは自信がなかった。これまで彼が相手にしてきた女性たちと比べて、あまりにも退屈だと思われるのはいやだ。

「どうしたらいいんだい？」グザヴィエはささやき、顔を寄せてきた。

「あなたが欲しいの……その……」

「なにが欲しいんだ、弁護士さん？」彼はからかうようにきいた。「言葉につまったなんて言い訳は似合わないよ」

「あなたと一つになりたいの」ローラは大胆にも口にした。

彼女が顔を赤らめるのは見えなかったものの、グザヴィエにも触れ合わせた頬のほてりが伝わってきた。顔を赤らめるのは演技ではない。彼はふいにおじけづきそうになった。彼女の本当の気持ちを垣間見てしまったようで、恐ろしくなったのだろうか？　ローラがそんな言葉を口にするのも恥ずかしがるような女性だと知って、怖くなったのか？

「だったらそうしてあげよう」わきあがる不安を追い払うように、彼はぶっきらぼうに言った。「今すぐ」

グザヴィエはローラにおおかぶさり、唇を重ねながらいっきに身を沈めた。そして、これまでどおり、完璧《かんぺき》に自分をコントロールしようとした。いつもは女性たちに何度もクライマックスを味わわせたあと、彼女たちがその甘い責苦に耐えかねてお願いだからもうやめてと懇願したところで終わりにする。しかし、ローラの場合、そうはいかなかった。

ローラはキスを繰り返し、頬に触れてきた。グザヴィエの髪を指でかき分けたり、夢中でてのひらを体に這《は》わせたり……。蝶《ちょう》のように繊細な彼女の指先に触れられ、グザヴィエは自分でもわからないまま身を震わせていた。まるで命がけででもあるかのように、ローラは彼の体を受けとめている。影響されまいとしても、グザヴィエもいつのまにか彼女のペースにはまっていた。

彼は初めてコントロールを失っていた。なにかとてつもなく甘美な波にのまれていた。そして気がつくと、月明かりが反射した天井を見あげていた。これほど激しい快感に身をひたしたのは初めてだった。ローラはグザヴィエの肩に頭をのせ、つややかな赤毛で彼の胸をおおっている。グザヴィエはいまだかつて感じたことがないほどの深い満足感に包まれながら、いつしか眠りに落ちていた。

9

黄金を溶かしたような朝の光が、ローラの素肌に降りそそいでいた。明るさに慣れようと、彼女は目をしばたたいた。だれかが鎧戸《よろいど》を開けたようだ。一瞬、自分がどこにいるのかわからずにあくびをした。気だるい疲れと、十分満たされた心地よい感覚……。

そこでぱっと目が覚めた。ベッドの隣に目をやると、シーツのしわが残る一人分の空白……。

そう、昨夜はグザヴィエ・ド・メストルに抱かれたのだ。

「おはよう」部屋の反対側から穏やかな声がした。グザヴィエがそこに立っていた。小さなタオルを腰に巻きつけただけの姿で。シャワーのあとだと見え、髪はまだ濡《ぬ》れている。彼は新種を発見した生物学者のような用心深いまなざしでローラを見つめていた。「よく眠れたかい？」

「私……」グザヴィエと目が合った。昨夜は彼に三度起こされ、繰り返し愛を交わした。ローラの人生で最も輝かしい夜だった。彼の前でふとそう言いそうになった瞬間もある。

彼はそんなことはすべて忘れてしまったの？　セックスの最中に口にしたことはすべてその場限りなの？　翌朝は何事もなかったかのようにふるまうのが洗練された大人のルール？　それとも、私が大騒ぎしないように、無言のうちに警告しているのかしら？　彼の技巧のすばらしさをおおげさにほめたたえるなと？　あるいは、もっと恐ろしいことに、あなたに恋してしまいそうだなんて言いだしてくれるなと？

大丈夫、それくらいちゃんとわきまえているわ。私だって子供じゃないのよ。わざと恥ずかしがってみせたり、しつこくまとわりついたり、勝手にくよくよ悔やみはじめたり、そんな面倒がられるようなまねをするつもりはいっさいないわ。昨夜はその一分一秒まで楽しんだのだから。彼だってそうであったと信じている。

「いいえ、でも、とってもいい気分だわ」ローラは言った。

グザヴィエはベッドのところまでやってきて、彼女の髪にキスをした。「それに、とってもいい香りだ」

「あの……あなたも」

グザヴィエはローラの顔をじっと見つめながら、彼女の脚の間に手をすべりこませた。

ローラは明るい中で触れられることにとまどいを覚えた。昨夜は闇《やみ》や影が表情を包み、不安や心もとなさを隠してくれていたのだ。

「グザヴィエ」

「うん？」

「そろそろ起きなくちゃ」

「だったら僕が目を覚まさせてあげよう。タオルをはずしてくれ」グザヴィエがささやく。

自由な女になるには、本当に闇が必要なの？　いいえ、そもそもそういう思い込みがあるからいけないのよ。明るい日差しの中で触れられても、こうして欲望は高まってくる。ローラはグザヴィエのタオルをはぎ取り、ほうり投げた。

「これでいい？」

「ああ、それでいい」ローラに触れられ、グザヴィエは身を震わせながら目を閉じた。

「ああ……いいよ、かわいい人《シェリ》」

「ほんとに？」グザヴィエの言葉に勇気づけられ、ローラは手を動かした。自分にとっては慣れないことでも、とても自然な流れに思えたからだ。こんなふうに思えるのも彼のせいなの？　これまで経験の浅かった女が突如として『カーマ・スートラ』の奥義をきわめたくなってしまうなんて。彼の存在にはそれほどの威力があるのだろうか？「どれくらい気持ちいい？」

「気持ちよすぎるくらいだ」グザヴィエはうなるように言うと、ローラの手を振りほどいてから彼女をかかえあげ、自分の上にまたがらせた。そして、ローラのウエストを両手で支えるようにしながら引き寄せ、腰を突きあげた。彼女の透き通るような肌と赤毛のコントラストはあまりにも官能的だった。しかし、せっかくの緑の瞳は閉じられている。「僕を見てくれ」彼は命じた。「ローラ、僕を見るんだ」

ローラは目を開けた。なぜか急に恥ずかしさがこみあげてきた。深く結ばれながら見つめ合うのは、この世のなによりも親密な行為に思える。そのとき突然、快感が思いもかけない勢いで高まり、津波のような感覚と感情が同時に押し寄せてきて彼女を運び去った。

「我慢できないわ」深い喜びにひたりながら、ローラは声をあげた。

「我慢しなくていい」グザヴィエは言い、その数秒後、彼自身も抑制を解き放った。それは、一瞬、心臓もとまるかと思えるほど強烈な快感だった。悦楽の波が引いたあと、グザヴィエは昨夜と同じ状態になっていたことにショックを覚えた。気だるい満足感に身をまかせて、しばらく眠りに落ちていたようだ。

目を開けると、ローラが隣で顔をのぞきこんでいた。グザヴィエはゆったりと伸びをし、二人で一日じゅうベッドで過ごすことはできないものかと考えた。

「もう一度おはよう」彼は言った。

ローラは、今こそ気持ちをふるいたたせなければと思った。グザヴィエが眠っている間じゅう、寝顔を眺めていたのだ。濃いまつげがオリーブ色の肌に影を落としていた。ずっとそうしていたかったのは、めまいを覚えるような至福のひとときだったからだ。

眠っているときの彼はもっと穏やかで、無防備にさえ見えた。もっとも、そのもろそうな面は、父親との面会について話してくれたときにもうかがえた。それとも、自分が見たいと思っているものを勝手に見ているだけなのだろうか？

「おはよう」ローラは挨拶《あいさつ》を返し、恋にうつつを抜かす少女のようなまねはやめて、なんとか頭を働かせようとした。まずは現実を直視しなくては。

事実その一。私たちはセックスをした。

事実その二。グザヴィエは父親に会うためにここにやってきたのであって、父親が雇った弁護士とベッドをともにするために来たのではない。

こんな状況に置かれたとき、ほかの女性ならどうするだろう？　たぶん、いい思い出をありがとうとほほえんで、尊厳とプライドとハートが傷つかないうちに立ち去るのだろう。

「もう行かなくちゃ」ローラはささやき、気丈にもグザヴィエの鼻の頭にキスまでしてのけた。

グザヴィエは首を横に振り、あくびをした。「電話してコーヒーを頼もう」

「遠慮しておくわ。あなたとベッドにいたことは、だれにも知られたくないの」

「なぜだい？　マリクに禁欲を誓う誓約書でも書かされているのか？」

「まさか。ただ、私たちがしたことを宣伝してまわりたくないだけよ」

「おいおい」グザヴィエは皮肉っぽく笑った。「宮殿内で起こっていることは、必ずマリクやそのスパイの知るところとなる。それに気づかないほど君はうぶじゃないだろう？」

彼はローラの顎に手を添えた。「このセクシーな弁護士さんがとうていうぶだとは言えないのは、僕がいちばんよく知っている」

グザヴィエの口調のなにかがローラの癇《かん》にさわった。二人の間に起こったことを後悔しそうになるのではないかという予感が頭をよぎる。

だが、つまらないことで大騒ぎはすまいと決意し、ベッドを下りてナイティを身にまとった。じっと見つめるグザヴィエの視線をなんとか気にしないように努めたが、容易なことではなかった。

そして、グザヴィエが期待しているとおり、二人がしたのはただのセックスだと割り切っているような表情を作ってから、彼の方を向いた。しかし、グザヴィエの姿が目に入ったとたん胸がきゅんとなり、絶望的な気持ちになった。

「これからどうするの?」ローラは尋ねた。

彼女は心を閉ざそうとしている。グザヴィエはとっさにそのことに気づいた。こんなふうに女性のほうから離れていくのは、彼にとっては珍しいことだった。グザヴィエはいぶかしげに目を細めた。なぜなんだ?「朝食のことを言ってるんじゃなさそうだな」

「ええ」クールな表情が揺らぎそうになる。ローラは今すぐにもベッドに駆け戻り、グザヴィエの腕に飛びこみたい衝動に駆られた。「あとどれくらいハラスタンにいるのかと思って」

グザヴィエは両腕を頭上に伸ばした。ローラがナイティをまとうのを見るだけで再び体が反応していたが、それを隠すつもりはなかった。彼女がまた欲しくなっていた。だが、ベッドに戻ってきてくれと懇願するほど見境のない人間ではない。ふだんなら、彼が出ていってくれと命じない限り、女性はベッドを出ていこうとしないのだ。自分のほうが先に出ていくと決めているのに！

いらだちは怒りにまでふくれあがった。しかし、グザヴィエにそれを冷ややかな表情に隠した。

「それは仕事上の興味かい？　それとも、個人的な興味なのか？」

ローラはまたはっとした。グザヴィエの口調がどうしても気にさわる。彼は私が所有欲まる出しでつきまとうとでも思っているの？

「もちろん仕事上の興味よ」きびきびした口調で答えた。

「これからどうするかはまだ決めてない」グザヴィエはもの憂げに言った。

昨夜のグザヴィエの苦悶《くもん》に満ちた表情が脳裏によみがえってきた。今思い出すだけでも胸が張り裂けそうだ。「しばらく滞在すればいいじゃないの」ローラはやさしく言った。一夜をともにした結果がどうあろうと、彼に自分のルーツをさぐり、失われたものを少しでも取り戻してほしいと願う気持ちに変わりはなかった。「もっとお父様と知り合う機会を持てば」

「君はそうするべきだと思うのか?」

私の意見に耳を傾けてくれるというの? ローラはいくらか救われた気持ちになり、うなずいた。「もちろんよ」

グザヴィエはいぶかしげに目を細めた。すべての疑問が一つの答えを示していた。なぜローラが冷静な弁護士から情熱的な妖婦《ようふ》へと豹変《ひょうへん》したのか。なぜ昨夜、あんなにセクシーな格好で居間に現れたのか。あの衣装は、まるで誘惑するために選んだかのようだった。そう考えると、今までの彼女の服はことごとくそうだ。

シークの寝室から部屋へ戻るまでの間に、マリクは遣いを走らせてローラに伝えたのだろうか? グザヴィエは機嫌を損ねて帰ってしまうかもしれないから、女の武器を使ってなだめてほしいと?

「君はよくよく有能なんだな、シェリ」グザヴィエはつぶやくように言った。「それも君の任務のうちなのかい? ここにとどまるように僕を説得するのも?」

その質問の裏にある意図に気づき、ローラの背筋を冷たいものが走った。冷ややかなグザヴィエの目を見つめ返しながら、結局この男性についてはなにも知らないのだと思い知らされた。昨夜は魂のつながりを持てたかに思えたが、肉体的にどれほど深く結ばれようとも、ひとたび現実の世界に戻れば、むなしさと疑いしか残らないのだろうか?

「それならもう話したはずよ。私の任務はあなたをここへ連れてくること。それだけだわ」

「それと、僕とベッドをともにすることじゃないのか？　いや、それは君の仕事についている〝特典〟なのかな？」

ローラは一瞬凍りついた。まさか、彼がそんなふうに考えるわけがない。そう信じたかった。しかし、氷のように冷たいグザヴィエの表情を見たとたん、彼はまぎれもなくそう考えているのだと悟った。「私がヒステリックなタイプだったら、あなたの頬をひっぱたいていたかもしれないわね。でも、そうじゃないから、ただ軽蔑《けいべつ》するだけにとどめておくわ」

「だが、楽しんだんだろう？」グザヴィエは穏やかに言い返した。「夢中になっていたと言ってもいい。だから、やはり〝任務〟というよりは〝特典〟だったんだろうな」

その言葉に、グザヴィエの下で身をよじっていた自分の姿がよみがえった。彼の腰に脚を巻きつけて歓喜の頂点に達し、体を弓なりにしていたのが思い出される。ぜんぜんよくなかったと言ってやりたかった。ベッドでのあなたは最低だった、私はいやいや耐えたのだと。しかし、そんなことを言っても、彼にはすぐ嘘《うそ》だとわかってしまうだろう。

「ええ、そうよ。夢中になっていたわ。とってもよかったのは確かね」ローラは言った。「まあ、いつもそうなんでしょう。裏付ける事実がなければ、プレイボーイとして世界的に名をはせるようなことにはならないでしょうから」

「おほめにあずかってうれしいよ、シェリ」グザヴィエは余裕たっぷりに言った。

「ほめてなんかいないわよ！」ローラは声を荒らげた。「この際だからはっきり言ってあげるけど、目の前の動くものを片っ端から口説くなんて、人間としてかなり哀れでむなしい生き方だと思うけど」

「だったら、色っぽい衣装に身を包んで中東の有力者に取り入ろうとするのは、哀れでむなしくはないのか？」

ローラは口を開きかけた。昨夜のシルクサテンのナイティはふだん着ているものからはほど遠いと。けれど、そんなことを言えば、むしろ彼の主張を認めることになる。ここで着ている高価な衣装はすべて王室から支給されたものだと言ったら、彼は当然のことながら、なぜ衣装がそれほど大事だったのかと尋ねるだろう。そういう意味では、私も完全に潔白だとは言えないのではないだろうか？　高価な服を買いに行くように命じられたとき、喜んでそれに従ったのだから。

でも、それはひとえにこの仕事が欲しかったからだ。そして、喜んで彼らの計画に加担した。ケーキのようにきれいなデコレーションで飾られるのを受け入れたなら、グザヴィエがそれをひと切れ味見しようとしたところで、文句を言うわけにはいかないのかもしれない。

なにより、いやならノーと言うこともできたのだから！

ローラは顎をつんと上げた。グザヴィエの記憶に残る最後の姿は、強く誇り高い女でありたかった。ぼろぼろの心をかかえて後悔しているような女には見られたくなかった。

「ねえ、グザヴィエ」ローラは言った。「物心ついてからずっと、取っ替え引っ替え違う女性とつき合ってきたってことは、つまり一人の女性と心を開いて真剣につき合うことができないってわけよね。それ自体は別にかまわないわ。あなたの自由だもの。あなたみたいな男性に抱かれたいと言い寄ってくる女性は、いつだってごまんといるでしょうし」彼女は自分の胸の痛みを押し隠し、緑の瞳を燃えたたせてグザヴィエの方に身を乗り出した。

「でもね、あなたにとって父親は一人だけよ。そのことは忘れないでね。たとえそれが、長年想像していた父親のイメージとは違う人でも」

グザヴィエは目をまるくして彼女を見ている。「いきなりなにを言いだすんだ?」

「大金持ちの父親がいるってことにも、案外すぐになじめるかもしれないわよ。少年時代、父に会えず、貧しさに苦しんでいたことを考えれば、その屈辱を晴らすいいチャンスなのかもしれない。まあ、あなたの場合は、貧困のおかげでそこまで成功を手にしたんだから、皮肉と言えば皮肉だけれど」ローラは精いっぱい冷淡なまなざしでグザヴィエを見つめた。

「世の中には、一生あれこれ不満の種をさがしつづけて生きる人たちもいるわ。ひょっとしたら、あなたってそういうタイプなのかもしれないわね。そういう人は、自分が非常識なふるまいをしても、全部その不満のせいにするのよ。まあ、私はそんな言い訳につき合うつもりはないわ」

「僕に対してそんな口をきいていいと思っているのか？」

「だれかが思いきって言ってあげなくちゃ、いつまでたってもわからないでしょう？」

「今すぐここから出ていけ！」グザヴィエは怒りでおかしくなりながら命じた。

ローラは突然、めくるめくような力がわいてくるのを感じた。「なにか勘違いしているようね、グザヴィエ。私はあなたに雇われているんじゃないから、あなたの命令に従う必要はないのよ。それに、さっきもう言ったでしょう、出ていくって。これから書類仕事を片づけなきゃならないの。それがすんだらマリクに頼んで、いちばん早い飛行機を手配してもらうわ！」

グザヴィエの怒りに燃える視線が背中にそそがれているのを感じながら、ローラは落ち着き払って彼の寝室を出た。今のは、これまで口にした中で最高にかっこいい捨てぜりふだったかもしれない。しかし、そんな満足感も、胸を刺す痛みの前にはなんの慰めにもならなかった。

10

「あとどれくらいかかるかわかります？」ローラは癇癪《かんしゃく》を起こしそうになるのをなんとか抑えて尋ねた。落ち着きを保つのが一分一秒ごとにむずかしくなっている。

「お会いできるようになりましたら、すぐにお知らせいたします」マリクの秘書官は平然として答えた。

ローラはマリクの執務室の中へと消えていく秘書官の背中をにらみつけた。執務室の外ですでに四十分近く待たされている。だからといって、自分の寝室に戻ることもできない。スイートルームにはまだグザヴィエがいるはずだ。せっかく威勢よく出てきたのに、今さらのこのこ戻るようなまねはしたくない。

おまけに、この状況では荷物をまとめて出ていくこともできない。ここへはグザヴィエがチャーターしたジェット機でやってきた。この国ではシークの来賓という扱いなので、帰りの飛行機を自分で手配するのは容易なことではないのだ。だいたい、イギリスへの便があるかどうかすらわからない。少なくとも直行便でないことだけは確かだ。

おまけに運賃は相当な額だろう。できるだけ早く家を自分のものにしようとこれだけ経済的な苦労を重ねてきたのに、つまらないプライドと胸の痛みのせいで、せっかくの報酬の中から交通費に大金を費やすなんて愚かとしか言いようがない。

賢明な道は、ここはひたすら待って、マリクに直談判《じかだんぱん》することだろう。そして、契約上、帰りの交通手段を手配してもらう権利があると主張するのだ。

そのとき、マリクの執務室のドアが開き、別の秘書官が現れておじぎをした。

「ミス・コティンガム」彼はハラスタン風のアクセントの英語で言った。「マリク・アル・アハルは〝香りの園〟でお待ちです。こちらへどうぞ」

ローラは眉をひそめた。マリクは別の出入口から庭へ出ていったのだろうか？　それとも、彼は執務室にいるものと私が勝手に思いこんでいただけで、実はずっとよそにいたのだろうか？　まぶしいハラスタンの日差しの下へ出ながら不思議に思ったが、秘書官に尋ねる気はしなかった。忠実な部下にきいたところで、時間のむだなのはわかっている。

そのかわり、ローラは宮殿の庭に目を向け、脳裏にこびりついているグザヴィエの顔と体の美しさを忘れようとした。だいたい、魂が汚れて猜疑《さいぎ》心に取りつかれているような男を美しいなんて思うほうがどうかしている。そう、彼は、女性と見れば、道端に咲く花のように摘み取って、次の瞬間には靴で踏みつぶしかねない。

でも、彼がそうなったのは、女性がそれを許すからだ。

ローラの悩める心は、〝香りの園〟から漂ってくる花々の香りにしばしまぎらわされた。うっとりさせると同時に、どこか懐かしい記憶を呼び覚ますような香り。彼女は大きく息を吸いこむと秘書官のあとに続き、忍冬《すいかずら》が咲き乱れる東屋《あずまや》に足を踏み入れた。

マリクはそこで待っていた。こちらに背を向け、美しい盛りの白薔薇《ばら》を一輪手折っている。

足音が聞こえていたのだろう。マリクは振り向くなり、この国の言葉で秘書官になにやら伝えた。秘書官は深々とおじぎをし、立ち去った。

マリクは薔薇をローラに差し出した。「この花を受け取ってもらえるかな?」

ローラは深刻な表情を崩さなかった。「見返りになにも要求しないと明言していただけるのであれば」

マリクは眉を上げた。「では、なぜ急に会いたいと言ったのか、話を聞こう」

「ここでの仕事を終わらせて、帰りたいんです……イギリスへ」

「それはちょっとむずかしいな」

ローラは全身の血が凍りつきそうになった。これではまるで悪夢だ。「どういうことです、むずかしいとは? 法律事務所の上司は私がここにいることを知っていますから、連絡がなければ心配しますよ。上司だって、私が帰るものと思っているんです」彼女は鼻息荒くってかかった。「私の意思に反してここに縛りつけておくことはできないはずです」

マリクは短く笑った。「ミス・コティンガム！　我が国はイギリスと国交がある。イギリスの若い娘さんをむやみに監禁したりしたら、そちらの政府だって黙ってはいないだろう」

ローラはいぶかしげなまなざしでマリクを見た。「だったら、なぜ帰してくださらないんです？」

「君がここにとどまってくれたほうが……」マリクは言いよどんだ。「都合がいいんだよ。あと二、三日でかまわない。理解していただけるかな？」

それは依頼ではなく、真綿にくるんだ命令だった。ローラはなんとなく事情がのみこめた気がした。「グザヴィエの仕業ですね？　彼がそう要求しているんですね？」

マリクは顔色一つ変えない。

「そうなんでしょう？」ローラはせっついた。

マリクは肩をすくめた。「彼が君にとどまってほしいと思ったところで、無理もないだろう。今の状況を考えるとね」

その口調には、どこかたしなめるような響きがあった。それとも、私の被害妄想？

「おっしゃっている意味がよくわかりませんが」

マリクが気まずそうに目を伏せるのを見て、ローラは確信した。

マリクは私が昨夜グザヴィエとベッドをともにしたことを知っているのだ。グザヴィエが話したのだろうか？　それとも、使用人がスパイとなって報告したのだろうか？　ローラの頬はかっと熱くなった。こんなところで下手に言い訳しても、よけいに恥をかくだけなのはわかっている。

女性の貞節が宝石のように大切にされる国で、どうしたら昨夜のふるまいを正当化できるだろう？　グザヴィエに特別な思いを抱いていたなどという理由は通らない。彼と出会ってからまだ日も浅いのに、だれがそんなことを信じてくれるだろう？

ただ、実際のところは、確かに特別な感情はあった。少なくともローラの側には。グザヴィエと愛を交わしたいという気持ちもあったが、それと同じくらい彼を慰めたかった。肉体的な交わりを持つだけでなく、彼の心に触れたかった。今思うと悲しいのは、それが可能だと思いこんでしまったことだ。昨夜の私は強烈な衝動に突き動かされていた。あんな経験は二十六年間の人生で初めてだ。

そして今は……？

ローラは唇を噛《か》み、自分はとてつもなく愚かなことをしてしまったのだろうかと考えた。昨夜の出来事はすべて、自分の願望に当てはめて現実をゆがめ、ありのままを見ようとしなかったのが原因だったのだ。

でも、私がこれからも肉体関係を続けるものとグザヴィエが考えているのなら、見当違いもはなはだしい。起きてしまったことはしかたがない。目の前に差し出された体をもてあそんだからといって、彼を責めるわけにはいかない。けれど、ここからは、自分の身は自分で守らなければ。

「私にはとても耐えられません」ローラは沈んだ口調で言った。

「それは君しだいだ」マリクが言った。

「だって部屋がつながっているんですもの」

「鍵《かぎ》があるじゃないか」

最初から鍵を使っていたら、こんなことにはならなかったんじゃないのか？　口には出さなくても、表情を見れば、マリクがそう考えているのは一目瞭然《りょうぜん》だった。

「ここでどうしてもいやだとごねたら、お給料に影響が出るんでしょうね？　支払いをしぶるか、あるいは、国際送金の手続きに手間取っていると言い訳して、私が忘れるころまで送金を遅らせるんでしょう」

マリクはほんの少し目を見開いた。宮殿という高貴な場所で、金のような卑しい問題を持ち出すことに驚きを禁じえないといった表情だ。しかし、ローラは気にしなかった。王族として生を享《う》け、生まれたときから一生使いきれないほどの財産を手にしている人とはわけが違うのよ。自分の生活費は自分で稼がなければならないんだから。

「みんなが快適に過ごせるよう心がけるのが私の仕事だ」

「その〝みんな〟の中に私は入っていないんでしょう？」そう言いながらも、ここにとどまる以外に選択の余地がないのはわかっていた。だが、せめて表向きだけは自分の意思でとどまるという形にしたかった。そうでなくてもプライドが傷ついているのだ。それくらいの虚勢は張りたかった。「しかたありません。最低限必要なだけはとどまりますが、それ以上はいっさいお断りです。自分に見る目がなかったからといって、つらい生活に耐えるのはごめんですから」

「君が言うほどつらい生活でもないと思うがね。青の宮殿は歴史こそ古いが、さまざまな娯楽設備が整っている。オリンピックサイズのプールもジムもある。映写室には最新の映画がそろっている。君の身のまわりの世話をするよう、シドニアをつけることにしたよ」

ローラは眉を上げた。「たとえ黄金でできていても、鳥籠《とりかご》は鳥籠だわ」

「人の見方しだいで、状況というのはいかようにも変わるものだ」マリクが静かに言った。「その中で楽しみを見つけることは、いくらでもできるだろう」

ローラはマリクの目をまっすぐに見た。「努力はしてみます」しかし、むずかしいのはわかっていた。グザヴィエさえいなければ、楽しめたかもしれない。けれど、彼の誘惑をはねつけることに必死では、この夢のような宮殿での生活を楽しむ余裕などない。いや、グザヴィエに誘惑されそうな自分を抑えることに必死と言ったほうがいいのかもしれない。

ローラはくるりと踵《きびす》を返した。ハラスタンの王族を置いて先にその場を離れるのが失礼に当たるかどうかなど、もうどうでもよかった。向こうが雇用契約をないがしろにするのなら、こっちだって礼儀を無視するくらいのことをしてもいいはずだ。

そのとき、宮殿の方からシドニアがやってくるのが見えた。シドニアの人なつっこい笑みを見て、ローラの気持ちはとたんにやわらいだ。

「おはよう、シドニア」ローラは声をかけた。

「おはようございます」シドニアはハラスタンの伝統にのっとり、両手を胸の前で合わせて優雅におじぎをした。

ローラは首を横に振った。「朝食を召しあがりますか?」

「それよりも、まず体を動かしたいわ。水着を手に入れる方法はあるかしら?」

シドニアはうなずき、多少なまりのある愛らしい英語で言った。「もちろんです。プールにはあなたに必要なものがすべてそろっています」

「私だけのために?」プールに向かって歩きだしながら、ローラは尋ねた。

「来賓の方、皆さんのためにです。シークのもとには各国の高官がお見えになりますが、中にはこの国の文化が遅れていると思っていらっしゃる方も少なくありません。シークは、この宮殿には先進諸国にも負けない設備が整っていることをお示しになりたいんです」

ローラは興味をそそられ、しげしげとメイドの顔を見た。シドニアがこの宮殿や国王を誇りに思っているのがはっきりと伝わってくる。二人は美しい花壇に差しかかっていた。

真紅、金色、青——花々は左右対照に配置されている。

「空から見ると、この花壇はハラスタンの国旗のように見えるんですよ」シドニアが言った。「鷹《たか》の頭の形がごらんになれますか？」

「ええ」ローラはほほえんだ。「あなたは英語がとても上手なのね」

シドニアはうなずいた。「勉強したかいがありました。これもみんなソレルのおかげです」

その名前には聞き覚えがあった。ローラはすぐに思い出した。グザヴィエをシークのもとへ呼ぶために晩餐《ばんさん》会の席に現れたブロンドの女性だ。「マリクが後見人になっているお嬢さんね？」ローラが尋ねると、シドニアはうなずいた。「どういういきさつだったの？」

「ソレルの両親は、イギリスの駐ハラスタン大使だったんです。二人とも中東研究家として著名な方でした」シドニアが説明しはじめた。「マラバンの山中で飛行機事故にあい、お亡くなりになって、そのときはだれもがソレルはすぐ本国に帰るものと思っていました。でも、ソレルはこの国で育ち、この国をとても愛していました。彼女にとってはハラスタンが故郷だったんです。結局、イギリスには帰らずに、この国の大学に進学しました。ハラスタンの言葉に堪能《たんのう》なイギリス人はとても珍しいんです。ソレルもいつかはイギリスに帰国するでしょうけれど、シークがお亡くなりになるまでは、おそばを離れることはないと思います」

ソレルやシドニアはグザヴィエのことをどの程度知っているのだろう？　ローラはふと

思った。彼がシークの息子だということを、二人とも知っているのだろうか？　この国の後継者となる資格があることも？　もしグザヴィエがその権利を放棄するとしたら？　あるいは、シークがグザヴィエは世継ぎにふさわしくないと判断したら？　そのときはいったいだれがハラスタンをおさめることになるのだろう？

ローラの脳裏にぱっとマリクの顔が浮かんだ。だが、すでに二人はプールの建物に到着していた。中に入ったとたん、ローラはその豪華さに圧倒された。

巨大な長方形のプールには澄みきった水が張られ、周囲はハラスタンの生活を描いた金色と青のモザイク模様で彩られている。施設内にはスチームバスやサウナも完備され、贅《ぜい》の限りを尽くした会員制ヘルスクラブといった趣だった。

「必要なものは全部そろえてあります。ご自由にお使いください」シドニアが言った。

「ありがとう」ローラは目を輝かせ、周囲を見まわした。「一つお願いがあるんだけど、部屋から着替えを持ってきてもらえないかしら？　パンツスタイルがいいわ」

「お安いご用です」

シドニアが行ってしまうと、ローラはシンプルな黒の水着を選び、プールに飛びこんだ。海豹《あざらし》のようになめらかに水底を進み、プールの中ほどで浮上する。家の近所に無料のプールがあったおかげで、子供のころから泳ぎは得意だった。母が仕事で夜遅くなるときはいつも、学校帰りにまっすぐプールへ行っては、クロールで何往復もしたものだ。

泳ぎは、疲れるどころか、活力を与えてくれる。今もそうだった。心ゆくまで泳いだあとは、どんなことにも立ち向かえる気分になっていた。

ローラはシャワーを浴び、シドニアが持ってきてくれたシルクのシャツと麻のスラックスに着替えた。そして、翡翠《ひすい》と銀のビーズでできたネックレスを合わせ、緑色のリボンを髪に結んだ。

満足のいく仕上がりだった。洗練された落ち着きと颯爽《さっそう》とした雰囲気がかもし出されている。今になって、頭のてっぺんから足の先まで高級ブランドで固めるようにシークに命じられた理由がわかったような気がした。魅力を振りまいてグザヴィエをここへ連れてくる以上に、宮殿の壮麗な雰囲気の中で浮かないようにという配慮だったのだろう。まるでここが自分の居場所であるかのように思えて、いい気分だった。

「朝食をいただくわ、シドニア。できれば外で食べたいんだけど、いいかしら?」ローラは言った。

「ええ、もちろんです!」

木もれ日が差す大木の下に、ローラのためのテーブルがしつらえられた。だが、桑の実のジャムを皿に取り分けようとしていたとき、いきなり視界が陰った。顔を上げたとたん、心臓が喉から飛び出しそうになった。

「グザヴィエ」

グザヴィエはローラを見つめた。自分のもとから逃げた女性は、ローラが初めてだ。それなのに、彼女はこんなところで平然としている。しかもシルクと麻に身を包み、いつにもまして涼しげで美しい。陽光がつややかな赤毛をいっそう輝かせ、翡翠のネックレスが瞳のエメラルド色を引きたてている。

「僕から隠れるつもりかい?」グザヴィエはさりげなく尋ねた。

「隠れているように見える? 隠れるのは恐れているからでしょう? 私はどうやらここで囚《とら》われの身になっているみたいだけど、それでも怯《おび》えることだけはぜったいにないわ」ローラは冷ややかに言い返した。「ましてや、あなたを怖がるなんてありえませんから」

グザヴィエはほほえんだ。昨夜の混乱のあとでは、ローラの強気な物言いは一陣のそよ風のように心地よかった。シークとの面会は、予期していた以上にグザヴィエの心を揺さぶった。ローラとのセックスで、その心の揺れをしずめられると思っていた。ついでにローラへの欲望も少しは弱まるかと思っていたが、そのいずれについてもいっこうにおさまる気配はない。

だからこうしてローラをさがしに来たのだ。しかし、なんのために? 彼女が涙にくれ、悔やんでいるのを確かめに来たのか? 少なくとも、こんなふうに陽光あふれる中で朝食を楽しんでいるとは思ってもみなかった。

「だったら、なぜ逃げたんだ?」グザヴィエはくいさがった。

「あなたに侮辱されて頭にきたからよ」

「つまり君は、僕を誘惑してここにとどまらせる役目を担っていたわけじゃないと言うのか?」朝の明るい日差しと澄んだ空気の中で口にすると、それはとてつもなくばかばかしい言いがかりに聞こえた。

「私は弁護士よ、グザヴィエ。妖艶《ようえん》な女スパイなんかじゃないわ。ねえ、あなたがいつも相手にしている女性たちは、そういうことをしかねないほど無節操なの?」

グザヴィエは肩をすくめた。「まあ、ときにはね」

「だったら、間違った種類の女たちを相手にしているってことね」

二人は視線を合わせ、しばらくじっと見つめ合った。「そうかもしれないな」グザヴィエは言った。

まるで猫の目のように彼の瞳孔《どうこう》が開くのを見て、ローラは背筋がぞくっとした。「誤解しないで。別に誘っているわけじゃないのよ」

「誘ってほしいと思っているのかもしれない」

ローラは必死に自分の決意にしがみつきながら、首を横に振った。「いいえ、グザヴィエ。そんな目で私を見てもむだよ。もう決めたんだから」

「その気がないって言うのか?」信じられないと言いたげな口ぶりだ。

まったく、どこまで傲慢《ごうまん》な人なの! 一言声をかければこっちがおとなしくベッドに身を横たえるとでも思っているの？

「あなたって、ほんとにたいしたものだわ」ローラはむっとして言った。「でも、誤解のないように、これだけははっきりさせておくわね。あなたとのセックスはとてもすばらしかった。あなたももうおわかりでしょうけど。ただ、女性にとってのセックスは、いえ、ほとんどの女性にとってのセックスは、それだけじゃないの。お互いを尊重する気持ちや、自分にとっての意味が感じられなければだめなのよ。私がシークの命令で次々に違う男性とベッドをともにできるような女だと思っているとしたら、拒まれても当然なんじゃないかしら。テクニックがどれほどすぐれていようと、そんな男性はごめんだもの」

「まさか本気で言っているんじゃないだろう、ローラ？」グザヴィエは反論した。「君は怒りを僕にぶつけて、僕もそれを受け入れた。まあ、君が怒るのもしかたがないことだったのかなと今は思っている。僕の発言についてはここで撤回して謝罪するよ」彼の口元に笑みが浮かぶ。「これでいいだろう？」

ローラはなおも首を横に振り、椅子を引いて立ちあがった。「あなたにはわからないようね、グザヴィエ。しぶしぶあやまってもらって、セクシーな笑顔を振りまかれたところで、本質はなにも変わらないのよ」

ローラの洗いたての髪の香りと、肌の独特の香りがグザヴィエの鼻をくすぐった。その無垢《むく》なまでのすがすがしさに、彼は思わずうめきたくなった。「だけど、僕は君が欲しいんだよ、ローラ。今だって欲しくてたまらない」

「英語はわかるんでしょ?」ローラにとって、自分がこの場の主導権を握っているのだという満足感は、頭がくらくらするほど刺激的なものだった。「ノーという単語が理解できない? あなたとこの先肉体関係を持つつもりはないけれど、友達でならいられると思うわ」

「友達?」

「あなたが口にすると、猥褻《わいせつ》な言葉かなにかみたいに聞こえるわね。あなたにだってお友達はいるでしょう、グザヴィエ?」

もちろん友人はいる。しかし、本当に親しい女友達は皆無だ。過去の恋人で友達づき合いが続いている女性もいない。女性のほうが隙《すき》あらば親密な関係に戻ろうとするので、続けていくわけにはいかなくなるのだ。はたしてローラだけは例外となるのだろうか?

グザヴィエは石のように無表情だったが、体の中では激しく血が脈打っていた。ローラの決然とした表情と官能的な唇を見つめているだけで、どうにかなりそうだった。

肉体関係を持つつもりはない?

そうはさせるものか!

11

「それにしても、君の意志の強さは相当なものだな」グザヴィエが称賛の入りまじった口調で言った。「しかし、自分が欲しいものをかたくなに拒むのはあまり体によくないんじゃないのかな、ローラ？　これだけ強い日差しに当たっているのに、このところ顔色もよくないし、僕がそばに寄るたびに震えている。体重もそれ以上減らさないほうがいいよ。今のままで完璧《かんぺき》なんだからね」

ローラにとっては、つば広の帽子がこれほどありがたいと思えたことはなかった。色白の肌を砂漠の灼熱《しゃくねつ》の太陽から守ってくれるだけでなく、グザヴィエの射るようなまなざしから隠してもくれる。もっと近くで見られたら、わかってしまうだろう。彼の容赦ないセックスアピールにあらがうことは、もう限界に近づいていると。

前回の〝対戦〟以来、二人は九つの夜を青の宮殿のスイートルームで壁一枚隔てて過ごした。その間、ローラは驚愕《きょうがく》の事実を学ばされるはめになった。

ローラはこれまで、女性というものは男性ほどの性的な衝動はないと思いこんでいた。

少なくとも、自分自身は今までそんなものにさいなまれたことはないと言いきれた。ジョシュと別れたときには、経済的な負担はふえたものの、セックスの面ではかなりほっとした。これでもう、やたらと激しいだけで結局は満足を与えてくれない行為に耐えなくてもいいのだと。

しかし、今回はまったく違う。

夜、ベッドに横になり、グザヴィエの美しいオリーブ色の体が鍵《かぎ》をかけたドアの向こうに横たわっていると思うと……。女性ならだれしも体のうずきを禁じえないだろうが、彼のすばらしいテクニックを知ってしまったローラにとってはなおさらだった。

ローラは今、グザヴィエの指摘について考えてみた。スラックスのウエストにはすでに、指が二本容易に入るほどの隙間《すきま》ができている。やはりだいぶ痩《や》せたのだろうか？「暑さのせいで体重が落ちるのは珍しいことじゃないわ」彼女は反論した。

「欲望に負けずに、その対象を飢えた目でじっと見つめつづけるというのは珍しいがね。君はどこまで頑固なんだ、ローラ」

しかし、今のローラは頑固というよりも、むしろ不安だった。せっかくの計画が、かえって裏目に出てしまっているような気がする。肉体関係を結ぶことは拒んだものの、友達ではいたいとグザヴィエに告げた。友情がセックスと同じくらい、二人の人間の間にある壁を取り払うものだということなど、まったく考えていなかったのだ。

男性と二人で身を寄せるように生活しながら、その男性にキスも許さないとなると、結局は話をする機会が多くなる。異郷の地に迷いこんだ二人の外国人ともなれば、なおさらだ。お互い、ありとあらゆることを相手に話すようになる。

ローラは、好意を抱き合えば状況は楽になるだろうと思いこんでいた。だが、グザヴィエを好きになることがここまで簡単だとは思わなかった。彼がこんな目で自分を見つめるようになるとは予想もしていなかった。セクシーなからかいにも動じず、自分の決意にしがみついているローラに、グザヴィエは称賛のまなざしを向けはじめたのだ。ローラの決意は簡単に崩れ去るものと高をくくっていたが、実際そうならないものだから、彼女のことを、そして二人の関係を、違う目で見るようになったかのように。

最初のうちグザヴィエは不満そうなしかめっ面をしていたが、やがてローラへの敬意を示すような表情に変わっていった。ローラには気分のいいものだった。そのおかげで、失いかけていた自尊心を取り戻すことができたからだ。ローラはよりリラックスできるようになり、それにつれてグザヴィエのほうも自然体で接するようになった。しかし、それが今の彼女をよけいに困った状況に追いこんでいた。

どんなに身を守ろうとしていても、グザヴィエの飾らない魅力を前にすると、あらがうことがむずかしくなる。ローラにとって、それは彼のキスと同じくらい危険なものだった。

ようやく丘の頂に達し、ローラは額の汗をぬぐった。眼前には広大なハラスタンの平野と砂漠が広がっている。この厳しくも美しい国は、ローラにとって日ごとに近しい存在になりつつあった。グザヴィエと彼女はシークの来賓として、毎日違った場所に案内され、もてなしを受けていた。

この国の首都クムシュ・アイのにぎやかな市場へ行き、さまざまな音や香りやまばゆい色に魅了されたこともある。王室が運営する乗馬スクールへ行き、アカル・タケと呼ばれる馬のすばらしさを間近で眺めたこともある。そして今朝は、マリクの率いるハラスタン貴族の一団が、古来から伝わる鷹《たか》狩りの妙技を披露してくれるというので、それを見学に来ていた。

ローラは少し下がったところでようすを見守った。一方のグザヴィエはすっかり引きこまれたようすで見入っている。ローラは、これは男の世界なのだろうと思った。

「厳しい砂漠で生き残ってきた先祖たちを敬うために、今でもこの伝統を受け継ぎ、保存しているんだ」マリクが解説した。革の装備が巻かれた彼の腕には、獰猛《どうもう》な目をした鷹がとまっている。

グザヴィエはこの国の暮らしをおおいに楽しんでいた。ハラスタンの生活のさまざまな側面を目にし、この国がどれほど豊かで多様な文化に彩られているかを知った。しかし、これまでどれほど豪華な晩餐《ばんさん》会に招かれても、どれほど華麗な芸術を見せられても、グザヴィエは常に傍観者だった。ただはたから見ているだけで、その一部であると感じることはなかった。だが、今日は違っていた。容赦なく照りつける砂漠の太陽の下、この過酷な大地に立ちながら、グザヴィエの中でなにかが変わっていた。

鷹は力強くはばたき、隆起した大地の上を低空飛行したかと思うと、ときおり急降下してみたり、横にそれてみたりする。そして、ひとたび獲物が投げられると、空高く一直線に舞いあがる。それは原始的な光景だった。グザヴィエはこの妙技が単なる娯楽でないことを悟った。

それはちょうど、外国語を学んでいるとき、音として聞き流していたものが、ある日突然、内容を伴って耳に入ってくるようになるのと似ていた。グザヴィエはふいに、自分とこの国の先祖たちとのつながりを感じた。それが己のルーツであることを実感した。

先祖たちもこうして灼熱の大地に立ち、肌に当たる砂粒のささやきを聞いていたのだろう。砂漠で生き延びることが過酷な戦いだった時代、鷹狩りは優雅なスポーツなどではなく、日々の糧を得るための手段であったに違いない。今のグザヴィエには、パリの豪奢《ごうしゃ》なアパートメントでの生活が文字どおり別世界のことのように感じられた。

僕はこれまで思っていたような男ではないのかもしれない。グザヴィエは、まるで他人のような見知らぬ自分に初めて出会ったような気がしていた。そして、その瞬間を境に、生まれ変わったのだと実感した。ここに来る前の自分に再び戻ることはできないのだと。

そう、そんなことはとうてい無理だ。この体に流れる血の半分は、ここハラスタンのものなのだから。

そう思ったとたん、心が揺さぶられるような衝撃を覚えた。そして、古代の先祖がそうしていたように、頭を悩ます考えから逃れるため、女性のたおやかな存在に慰めを見いだそうとした。

グザヴィエはローラの方に目を向けた。彼女は恐れと興味の入りまじった表情で鷹狩りを眺めている。そのとき、グザヴィエは気づいた。ここ数日、ローラに遠ざけられているおかげで、自分の感情や思考に集中することができたのだと。それはまさに、大きな試合に臨む前のアスリートと同じだった。セックスが不在であるがゆえに、新たな見識と目的意識を得て、自分の中の未知なるアイデンティティを見つけることができたのだ。しかし今は、これまでどんな女性にも求めたことがないような激しさでローラの存在を求めていた。

明るい日差しの中、グザヴィエは目を細めた。地平線に小さな点が見えた。サケルと呼ばれるたくましく優雅な鷹が狩りを終えて戻ってこようとしていた。空は澄み渡っていたが、それとは対照的に、グザヴィエの内面は相変わらず苦悩の暗雲におおわれていた。

サケルとは気高さと自由を意味するという。昨晩、ザヒールの寝室から戻るとき、マリクが教えてくれた。二人は毎晩シークのもとを訪れるのが習慣になっていた。

「シークのお加減はどう?」ローラの言葉がグザヴィエを現実に引き戻した。

グザヴィエはローラに目を向けた。つば広の帽子をかぶったその姿は、愛らしさを絵に描《か》いたようだ。帽子を取り、かぐわしいサテンのようなつややかな髪に顔をうずめたい衝動に駆られる。しかし、グザヴィエを苦しめようという彼女の決意は、依然として揺るがないらしい。

「相変わらずだよ」グザヴィエは肩をすくめた。

「毎晩、どんな話をしているの？」

「君は本当に僕の忍耐の限界を試すのが好きだな、かわいい人《シェリ》」グザヴィエは思わず笑った。その瞬間、戻ってきた鷹が晴れた空をおおい、男たちは歓声をあげた。グザヴィエは伝統の技にすっかり感心し、子供のような笑みを浮かべてローラの方を見た。「君は僕を遠ざけようとしながら、心の中には平気で踏みこんでくる」

ローラは首を横に振った。「あなたの心に土足で踏みこむつもりはないわ、グザヴィエ。ただ、あなたは今、人生の大きな波に翻弄《ほんろう》されているんですもの、なにもかも胸にためこまないで、少しは人に話したほうがいいと思うだけよ。もちろん、マリクに話しているのなら問題ないけれど」

グザヴィエはかぶりを振った。自分に対するマリクの態度には、相反する複雑なものを感じていた。互いに気を許していると思うこともあれば、妙に緊迫した空気に包まれることもある。一度、グザヴィエが突然顔を上げたときに、マリクの目にほとんど嫉妬《しっと》とも思えるような表情が浮かんでいて、どきっとしたことがあった。僕がシークと親交を深めていることを妬《ねた》んでいるのだろうか？　これまでずっと何年も、腹心としてシークのそばについてきたのは自分だというのに、と。

「いや、マリクには話していない」グザヴィエは抑揚のない声で答えた。

「だったら、私に打ち明けてくれたらいいじゃないの」ローラは乗ってきた四輪駆動車に再び乗りこみながら言った。グザヴィエがその隣に腰を下ろすと、車は砂埃《すなぼこり》を巻きあげて走りだした。

「なぜそんなことをしなければならないんだ？」

「私は聞き上手だもの。広い心の持ち主だし、あなたに迎合せず、率直に意見を言ってあげることもできるわ。あなたにはそれが必要だから」

「つまり、君はなにもかも完璧ってことかい？」グザヴィエは皮肉っぽい口調で言った。

ここに来たばかりのころなら、その言葉を聞いて、からかわれていると感じただろう。けれど、ローラ自身もだいぶ変わった。少なくとも変わりつつある。これまで、体だけの関係を続けてグザヴィエに簡単に忘れ去られるような女にだけはなるまいと、意思を強く持ってきた。その結果、息もとまりそうなほどの彼の魅力にあらがうことによって、かつて地に落ちていた自尊心を取り戻せたのだ。

友情を培うことは、気楽な肉体関係を築くことよりむずかしい。しかし、二人の間にはそれが確実に育っていると感じられた。

もっとも、それは当初の想像以上に大きな意味を持つものでもあった。ローラはグザヴィエの内面をさぐると同時に、外に現れた変化にも注目していた。グザヴィエの瞳に宿るさまざまな感情を眺めているうちに、彼が自分の人生に起きている大きな変化を受け入れられるように力になりたいという欲求は、さらに強まっていた。

「そうね、完璧である可能性はかなり高いと思うわ」ローラは言い、グザヴィエの方に体を向けた。「話したいなら話して。話したくないなら話さなくてもいいわ」

グザヴィエもローラに目を向けた。優雅に伸びた首には、シルクのようにつややかな赤毛の三つ編みがかかっている。彼女に本心をさらしたところで、失うものなどなにもない。グザヴィエはそう思った。「別の類《たぐい》の気晴らしの相手をしてくれないのなら、おしゃべりでもして気をまぎらせるしかないのかもしれないな。だが、僕に対しても守秘義務ってものはあるのかい、ローラ？　それとも、西側に戻ったら、いちばん高値をつけたジャーナリストに情報を売りつけるつもりか？」

ローラは首を横に振り、わざと失望したような顔でため息をついてみせた。「あなたって本当に他人が信じられないのね」

「経験に基づいているんだよ。女たちは、僕がどれほどのテクニシャンだったか、雑誌にねたを売りこもうとする。仕事のライバルたちは、僕を無節操だと非難する」

「まあ、無節操ってところは当たらずとも遠からずだと思うけど。そうじゃない？」

グザヴィエはしばらくローラの顔を眺めていたが、なぜか笑いがこみあげてきた。「ああ、君はまったくすごい女性だよ、シェリ」彼はいとおしげに言った。

その言葉に、ローラは思いがけず頬がほてるのを感じたが、なんとか気取ってほほえんでみせた。「女性たちにねたを売りこまれたくなかったら、肉体関係を持つ前に、相手のことをちゃんと知る習慣をつけるべきね」

グザヴィエはローラを横目で見た。「僕らがしたみたいにね」

ローラの頬のほてりがすっと消えた。「もしも秘密が守れるかどうか心配しているんだったら、私は友達の秘密を触れまわるような女じゃないわ」

ローラになにもかも打ち明けたくなってしまうのは、彼女の仕事のせいだろうか？　いや、今までにも弁護士とは何人かつき合ったことがあるが、胸の内をさらけ出そうなどとは思わなかった。もっとも、今のような状況に陥ったのは生まれて初めてだ。そういえば、ローラと過ごしたあのすばらしい一夜、二人が近づくきっかけとなったのも彼女と話をすることだった。

ローラといると、なぜか自由な気分になれた。感情をかかえこまず、考えを言葉にして解き放つことができた。これまで何年も息苦しいウエットスーツを着ていたのが、初めて全裸で泳いだような気分だった。

「妙な話なんだ」グザヴィエはぽつりぽつりと話しだした。「ほんのちょっとしたことに気づかされることがある。シークは左ききで、僕もそうだ。シークはテレビは見ないが、ノンフィクションを読むのが好き。僕もまったく同じなんだ。今でこそ年をとって、しわが目立つが、シークの瞳は……」

グザヴィエが最初に見せられた写真は、シークが若かりしころに撮影されたものだった。グザヴィエの母親と出会うよりも前のものだ。直接会ってみて、シークの印象はだいぶ違っていた。しかし、しわの目立つ顔の中でも、瞳だけは生き生きと輝いていた。

「あなたとそっくりなんでしょう?」ローラが言った。

「ああ、僕とそっくりなんだ」

左ききや瞳の色は遺伝的に考えれば自然なことだ。グザヴィエもそれをわかっている。だがローラは、二人の間には科学的な証明以上のなにかがあるように感じた。少なくともグザヴィエはそこに大切なつながりを見ているのだろう。彼の人生の中の失われた絆《きずな》が、今ここで再び結ばれようとしているのだ。

「ここでのことは、これから先のあなたの人生を変えてくれると思う?」ローラは静かに尋ねた。

それはごく当然の質問だった。グザヴィエも頭ではわかっていた。しかし、彼の心は過剰に反応していた。まるで苺《いちご》アレルギーの人間が、その赤い実を唇に突きつけられたかのように。

「僕の今までの生き方に問題があるとでも言うのか?」

ローラは肩をすくめた。

「君はそう言いたいのか?」グザヴィエは静かに繰り返した。「知りたいんだ。教えてくれ、ローラ」

彼に教えたところで、失うものはなにもないじゃないの。ローラはそう思った。自国に帰れば、英仏海峡を隔てて、二人がこの先偶然に出会うことはまずないだろう。以前なら、傲慢《ごうまん》な彼の鼻をへし折ってやるために歯に衣《きぬ》着せぬ言葉をぶつけるところだが、今のローラは違っていた。グザヴィエが大事な友達だからこそ、思っていることを率直に伝えたかった。

「わかったわ。そんなに言うなら教えてあげる。あなたの生活は豊かだけど、それはあくまでもうわべだけのことだわ。贅沢《ぜいたく》な暮らしを満喫しているようでいて、実際には本当の意味で人と絆を結ぶことはない。大事なのはお金だけという感じ」ローラは肩をすくめた。

「そんなところかしら」

「そんなところかしら? 僕の存在そのものを否定しておいて、それだけだって言うのか? だったら、君はさぞかしすばらしい人生を歩んでいるんだろうな?」

「そんなわけないじゃないの!」ローラはいらだって声をあげた。「そうくると思っていたわ。私はあなたを批判なんてしたくなかったのよ、グザヴィエ。あなたが知りたいって言ったんじゃないの」

確かにローラの言うとおりだ。僕が知りたいと言ったからこそ、彼女は驚くほど率直に答えてくれた。そんなことをしてくれる勇気のある人間が、今までいただろうか？　彼女の言うことは本当に当たっているのか？　グザヴィエは考えこんだ。

「君はなぜこの仕事を引き受けたんだ？」彼は唐突に尋ねた。

ローラは、ハラスタンの日差しでほんの少し日焼けしはじめた指に目を落とした。この質問にはどれくらい正直に答えたらいいのだろう？　どの程度まで話したらいいのだろう？　確かに友情というものは、そう、真の友情というものは、一方通行では成り立たない。

「よくある話よ。男の人のせいなの。名前はジョシュ」

「君はそのジョシュって男を愛していたのか？」グザヴィエは我ながらそんな質問をしていることが信じられなかった。これでは、今まで最も軽蔑《けいべつ》していた嫉妬深い男の典型じゃないか。

「愛していると思ってたわ」ローラは答えた。「でも結局は、彼との関係を正当化するために、そうやって自分をごまかしていたのね」

グザヴィエはローラのかすかな震えを見逃さなかった。それがそのジョシュという男との関係のすべてを物語っているような気がした。

仕事のために体を武器にする妖婦《ようふ》だとローラを責めたてたことに、彼は改めて良心の呵《か》責《しゃく》を覚えた。

「今考えてみれば、愛でもなんでもなかった」ローラは少し考えてから先を続けた。「私は彼に夢中になっていたけれど、いざつき合ってみると、軽薄な男だとわかったの。でも、最初は不思議なくらい胸がときめいたのよ。法科大学院《ロースクール》に通うために山ほどアルバイトをしていて、それまで楽しむということをいっさい知らなかったせいね」彼女は力なくほほえんだ。「ジョシュは最低の男だけど、人生を楽しむすべはよく知っていたの」

「それで、なにがあったんだい?」

ローラは肩をすくめた。「二人の共同名義で家を買って一緒に暮らしはじめたの。でも、それを維持するための経済的な負担は、必ずしも平等じゃなかった。ジョシュはまだ仕事が見つかっていなくて、私はとにかく生活費やローンのために必死に働いたわ。彼が浮気をしはじめて、もう別れたいと思うようになっても、やっとの思いで手に入れた家を手放すのだけはどうしてもいやだった。子供のころにずっと貸しアパートで暮らしていたから、そんな生活はもうたくさんだったの。そんなとき、上司からハラスタンの王室が大至急秘密を守れる弁護士をさがしていると聞いて、天の助けだと思ったのよ。その収入があれば、ジョシュの出資分を支払って家を自分のものにし、自由になれるから」

「自由？」

「ええ」

グザヴィエはしばらく黙ってローラの話について考えていた。彼女に手を伸ばし、触れたかった。サテンのようになめらかな髪を撫《な》でたかった。しかし、自分にはそんな権利はないと思えた。

ローラの元恋人に対して軽蔑を感じはしたが、彼女を利用したという点ではグザヴィエも同じだった。ジョシュがそうしたように、自分の要求を彼女に無理に押しつけようとしたのだから。

グザヴィエはマリクに頼んで、ローラがここにとどまるよう手配してもらった。だがそれは、彼女がやがてまたベッドをともにしたいと思うようになるのを見越してのことだ。この世に誘惑できない女性がいるなんて、彼にとっては予想外のことだった。

しかし、ローラの決心は揺るがなかった。グザヴィエは自分の行いを振り返り、ショックを覚えた。成功したいという野望、あるいは欲しいものを必ず手に入れたいという欲求は、仕事の面だけでなく、私生活すべてをのみこんでしまっていた。グザヴィエはそんな自分にいやけが差した。

二人を乗せた車は、すでに青の宮殿に近づいていた。宮殿に続く広い通りの先には、高々と噴きあげる噴水が見える。今ここでなにをするべきか、グザヴィエにはよくわかっていた。

「もう君をここに縛りつけておくようなことはしないよ、ローラ」彼は沈んだ口調で言った。「そもそも最初からそんなことはするべきじゃなかった。君はいつでも好きなときに帰国すればいい」

ローラは窓の外を眺めていた。名も知らぬ木に咲く花の間を、オレンジ色の鳥が飛びまわっている。グザヴィエの言葉に、一瞬冷水を浴びせかけられたような衝撃を覚えた。だが、なんとか落ち着いた表情を取りつくろい、ゆっくりと彼の方を向いた。

「帰国?」ローラはまるで異郷の言葉のように繰り返した。

グザヴィエはうなずいた。「ああ、君が好きなときに帰ればいい。マリクには僕から話しておく」

ずっと願っていた自由をようやく手に入れることができた。しかし、人生にはときとしてこういう皮肉があるものだ。心から欲していたものをついに手に入れたとたん、ローラは胸にぽっかりと大きな穴があいたように感じた。

12

「シークが君に会いたいそうだ」

ローラはスーツケースから顔を上げた。自分で荷造りをすると言い張ったとき、シドニアはうろたえていた。それでも、なにかすることがあったほうが、ほんのいっときでもグザヴィエのことを考えずにすんだ。声の主は当の本人だった。彼は寝室の戸口に立ち、ローラが手にしたシルクサテンのナイティを見つめている。これを再び身にまとうことがはたしてあるだろうか？　ローラはふとそう思った。

「シークが？　なんのために？」

「僕は読心術は得意じゃないからね。直接本人にきいてみてくれ。案内するよ」

「マリクじゃなくて？」

「そのようだ」

二人はしばし見つめ合った。あなたに会えなくて寂しくなる。ローラはそう言いたかった。あなたの腕の中で感じた喜びを、もう一度だけ味わいたいの。できることならもっと長く、この魅惑の楽園のような国であなたと一緒にいたい。だが、グザヴィエはローラを行かせようとしている。彼女はそれに従うしかなかった。

でも、寂しい気持ちはどうしようもないでしょう？　ローラは柔らかな光を放つ漆黒の瞳を見つめた。

それから、頬にかかった髪を払いのけた。「こんな格好でおかしくない？」

今はからかったりお世辞を言ったりするべきではないと、グザヴィエは承知していた。ローラの元恋人は彼女に経済的な負担を負わせるだけでなく、女としての自信さえもずたずたにしたのだろう。しかし今、シンプルな麻のワンピースに身を包み、赤毛をリボンで一つにまとめた彼女は、とても……。グザヴィエの頬が引きつった。「とてもきれいだよ」

ほめてほしいけれど、そこまでほめられたくはない。だが、それはわがままというものだろう。ローラにはよくわかっていた。ただ、きれいだと言われると、一度はあきらめたものがまた欲しくなってしまう。それは決して手に入らないのに。私が心底望んでいるのは、グザヴィエとごくふつうの恋人同士になって、ごくふつうの関係を築くことなのだから。

だからこそ、友情で我慢するしかないと考えたのだ。しかし、それすらも間違いだったのではないかと思えてくる。友情はセックスと同じくらい二人の距離を近づけるものだ。いや、それ以上かもしれない。グザヴィエとのセックスはローラの中では最高のものだった。もちろん、比較する経験は悲しいくらい乏しいけれど、彼のような男性に二度とめぐり合えないことだけははっきりとわかる。

だが、グザヴィエとの間に培われた友情はそれ以上に特別なものだった。ともにほかに逃げ場のない特殊な環境に投げこまれ、彼はそれまでずっと閉ざしていた心を私に対してだけは開いてくれた。

それももう今日で終わりだ。仕事はうまくいったのだからと自分を励まそうとしても、ローラの気持ちは沈みがちだった。しかし、広々とした大理石の廊下を進みながら、そんな気配はみじんも見せなかった。

「いったいどんなご用かしら？」ローラはグザヴィエと肩を並べて歩きつづけた。「お会いするのはこれが初めてなのよ。今まではずっと、マリクを通じて指示を仰いでいたから」

「たぶん、さよならを言いたいんだろう」

「さよならを言うのは苦手だわ」ローラは言った。

ふだんのグザヴィエなら別れは得意だった。むしろそれを楽しんでいた。面倒なつながりを断ち、また新たな出会いを求める。けれど今回に限って、そう感じることがむずかしかった。ローラは去っていく。いつもなら感じるはずの解放感は訪れなかった。

「あとどれくらいこの国にいるの？」ローラが尋ねた。

「まだわからない」グザヴィエは短く笑った。「計画が立たないんだ。こんなことは生まれて初めてだよ。まあ、選択の余地があるというのは幸せなことだ。ふつうの人なら、こんなに長く仕事を離れるわけにはいかないだろうからね」

「そうね、あなたは運がいいわ」

「そうだな」グザヴィエはうなずいた。自分の置かれた状況を、今まで感謝したことがあるだろうか？　ほんのいっときでも、特急列車に乗っているような生活を離れ、必死に働いて築きあげてきたものの成果を味わったことがあるだろうか？　ジョシュの出資分を払い、家を自分のものにするのだと話したとき、ローラの表情は輝いていた。パリの下町育ちの少年は莫大《ばくだい》な富を手にしていい気になり、それを感謝することを忘れてしまっていたのではないか？

「シークはあなたを後継者になさりたいのかもしれないわね。もしそうだったらどうするの？」

「そうは思えないな」グザヴィエは眉をひそめた。「いずれにせよ、未来のことをあれこれ思い悩んでみてもしかたないよ。そうだろう？」

ローラも先のことなど考えたくなかったので、壁に並んだハラスタンの絵画を眺めるふりをした。

さらに広くなった大理石の廊下を、二人は足音を響かせて進んでいった。宮殿内の豪華な美しさと、外に広がる手つかずの荒野は実に対照的だ。ローラは改めてそう思った。
年老いたシークは、血のつながった息子にこの国の統治をまかせたいと思っているのだろうか？　もしもグザヴィエが後継者にならないとすると、いったいだれがハラスタンの王座につくのだろう？

ローラは厳しい表情で歩いているグザヴィエを見あげた。グザヴィエはその視線に気づいて彼女を見おろし、一瞬、彼には珍しいほど穏やかなまなざしになった。

「なんだか悲しそうね」ローラは言った。

ローラは本当に鋭い。グザヴィエは心の中でため息をついた。そんな彼女との会話をもう楽しめないのかと思うと、たまらなく寂しかった。

「そうだな。なんだか妙な気分なんだ。父親を名乗る人にようやく会えたというのに、僕はまもなくパリに戻らなければならない。人生というのは予測がつかないから、このあと再び会えるかどうかはだれにもわからない」

「そうね。でも、少なくともあなたはこうしてこの国に来て、ともに時間を過ごすことができたわ」

二人はすでにシークの寝室の前に来ていた。壮麗な装飾をほどこしたドアが開かれ、マリクが現れた。マリクの視線はいつになく険しかった。

「二人一緒にお会いになりたいそうだ」マリクはぶっきらぼうに言った。

シークの黄金の部屋は、照明がかなり抑えられていた。ひんやりとした空気に包まれ、切り花のかぐわしい香りが漂っている。

マリクの気配をうしろに感じながら、ローラはグザヴィエと並んで立った。ふいに自分が部外者のような気がした。ハラスタンの国王ともあろう人が、なぜ私ごときに会いたいと思うのだろう?

「こっちへ来なさい」ベッドの方から声がした。その瞬間、ローラはこれがどれほど名誉なことかに気づき、すべての不安を忘れた。ベッドに横たわるシークに歩み寄ったとき、自然に膝を折り、深く頭を垂れた。こんな優雅なおじぎの作法を自分が知っているということ自体が驚きだった。そのままの姿勢でいると、やがてシークが頭に触れた。

「頭を上げなさい」シークはかすれた声で言った。「息子を連れてきてくれてありがとう、ミス・コティンガム」

「お役に立てて……光栄です」ローラは言った。緊張で胸がどきどきしている。

グザヴィエもローラと並んで前に進み出ていた。マリクが、ベッドのそばの椅子に腰を下ろすよう彼女に勧めた。

自分が今までどんな国王像を思い描いていたのか、ローラにはわからなかった。金色のローブが高貴さをそのまま表していた。年をとっているのは確かだが、力強いオーラに満ちている。グザヴィエの言うとおり、シークの瞳は息子と同じ、印象深い漆黒だった。シークは三人の来訪者に元気を得たかのように上半身を起こした。男性の使用人が現れ、宝石をちりばめたゴブレットで飲み物を渡そうとしたが、シークは手を振って断った。

「グザヴィエ、おまえは私の息子だ」シークは言った。「おまえに、このハラスタンで自由に生活する権利を与えよう。王室所有の土地と財産の一部もおまえにゆずり渡そう」

「ありがとうございます。しかし、そのような贈り物をいただく意思はありません」グザヴィエはきっぱりと言った。「僕が訪ねてきたのは、そういう目的ではないんです」

シークは感心したようにうなずいた。「わかっている。おまえの気持ちも理解できる。すでに自分自身で富を築いているようだからな。おまえならば成功して当然だろう。しかし、王室の資産の一部はおまえが生まれながらにして所有している権利なのだよ。過去を変えることはできないが、未来ならば、その手でいかようにも形作ることができる。おまえはおまえ自身の運命に従い、生きるがよい。だが、シークの息子の一人として、ここには常におまえの帰る場所があるのだ」

しばらく沈黙があった。ローラはシークの存在に圧倒されるあまり、ふだんの弁護士としての鋭さを失い、重大な一言をつい聞き逃した。

しかし、グザヴィエはそうではなかった。彼は眉をひそめてきき返した。「息子の一人？」

マリクとシークが視線を交わす。

「ほかにも息子がいるのですか？」グザヴィエはかすれた声で尋ねた。「僕に兄弟がいるということですか？」

「おまえには腹違いの兄弟がいる」シークは言葉を選びながら言った。「名前はジョヴァンニ。イタリア人で、イタリアに住んでいる」

グザヴィエは目をまるくしてシークを見つめ、つぶやいた。「どうして？」

何とおりにもとれる質問だとローラは思った。しかしシークには、グザヴィエがきいていることがはっきりとわかっているようだった。

シークは部屋を見まわすと、使用人に向かってうなずき、退出させた。グザヴィエとマリクの耳にだけ入れておきたいのだろう。ローラは自分も出ていくように言われるものと思ったが、そうではなかった。

「ハラスタンで政情不安が広がっていた時代、私は王家の存続のために政略結婚をしたのだよ。国民は我が妻である王妃を心から歓迎してくれた。私も彼女にはとても感謝している」シークは静かに言った。「実りの多い結婚だった。ただ一点を除いては。王妃とは子をもうけることができなかったのだ」

「だからヨーロッパじゅうで子種をまいたというわけですか？」グザヴィエが怒りの声をあげた。

マリクが顔をしかめて腰を上げかけた。しかし、シークは片手を上げてマリクを制した。

「おまえが怒りを感じるのも無理はない、グザヴィエ。しかし、おまえにもすでに話したとおり、今さら過去を悔やんでみても、取り返しがつかないのだ。我々が今ここでどうするかを考え、それによって未来を切り開いていくことしかできないのだよ」

しばらく重苦しい沈黙があたりを包んだ。やがてグザヴィエは口を開いた。だが、そこから出てきたのは、とても自分のものとは思えないような声だった。「その兄弟というのは、なにをしている人なんですか？」

シークはグザヴィエをじっと見つめた。「会いたいのかね？　ミス・コティンガムにナポリへ行ってもらって、ハラスタンに来るよう、彼を説得してもらうこともできるが」

グザヴィエは両の拳《こぶし》をぎゅっと握り締め、思いつめた表情でマリクとローラに言った。「すみませんが、僕と父を二人きりにしてもらえませんか？」

ローラは気づいた。グザヴィエがシークを父と呼ぶのは、これが初めてだ。マリクが問いかけるようなまなざしをシークに向ける。シークはうなずいた。マリクは席を立ち、ローラも彼にならって外へ出た。

自分の部屋に戻ったときには、すっかりよそ者の心境になっていた。なぜか打ちのめされ、疲れきっていた。今のやりとりから考えるに、これからさらにもう一仕事して、シークの別の息子を連れてこなければならなくなる公算が大きい。けれど、それ以上にローラを圧倒していたのは、言いようのない悲しみだった。

こんなに悲しいのは、自分を誘惑した男性に別れを告げなければならないから？　イタリアへ行って、グザヴィエの腹違いの兄弟に会うことを承諾してしまいそうなのも、どんな形だろうとグザヴィエとのつながりを保っていたいから？

荷造りを終えたローラは窓辺に立ち、近衛兵が馬に乗って庭園をパトロールしている姿を眺めていた。そのとき、背後で足音がした。振り向くと、グザヴィエが立っていた。グザヴィエの表情は石のようだった。冷たく、微動だにしない。しかし、瞳だけは妙に爛々《らんらん》と輝いている。ローラは愕然《がくぜん》とした。グザヴィエは涙を流しているの……？

「シークになにを言ったの？」かすれ声しか出なかった。

ローラを見たとたん、グザヴィエははっとした。まるで、鬱蒼《うっそう》とした森から出て視界がぱっと開けたかのようだった。それでも、暗い森の印象は彼の心の中に居座り、離れようとしなかった。

「僕が今シークと話してきたことは、永遠に父と子の秘密だ」グザヴィエは重々しく答えた。

グザヴィエの瞳には苦悩の色が浮かんでいたが、声には尊厳があふれていた。その瞬間、ローラは胸を締めつけるような感覚とともに、自分は彼を愛しているのだと悟った。それがかなわぬ思いなのもわかっていた。けれど、その事実を直視している限り、心が傷つくことはない。グザヴィエは以前言っていた。自分は後悔などしない主義だと。それはローラも同じだった。

グザヴィエにきっぱりと別れを告げよう。彼のオフィスから出てきたあのブロンド美人のようなまねはしたくない。彼女みたいな女性は過去にもたくさんいただろうし、これから先も引きも切らないだろう。だったら、今きちんとさよならを告げることで、私も彼にふさわしい、尊厳に満ちた女でいよう。

「あなたはここにとどまるの?」ローラは尋ねた。

「しばらくは。ローラ……」

彼女は顔を上げ、目を見開いた。「なに?」期待に声がうわずった。

「君はジョヴァンニをさがす仕事なんて引き受けたりしないだろう?」

たった今感じたときめきは、沼に落ちた石のように跡形もなく消え去った。「それは懇願? それとも命令なの?」

一瞬、間があってから、グザヴィエは静かに答えた。「そのどちらにもなりうる」

「たとえシークに頼まれても、あなたがそれを許さないというの?」

「シークに頼まれても、僕が不満であれば、撤回してもらうことはできる」

「あなたが不満なら? いったいどういうことなの、グザヴィエ? 私があなたの兄弟とベッドをともにするとでも思っているの?」

「やめてくれ!」グザヴィエは声を荒らげた。そんなことは想像すらしたくなかった。

「いいだろう、引き受けたいのなら引き受ければいい！」

「ありがとう。好きにさせていただくわ」

「受けるのか？」

「考えてみます」

グザヴィエは眉をひそめた。「荷造りは終わったのか？　飛行場までは僕が送っていく」

とんでもない。大泣きする姿を見られてたまるものですか。今のやりとりでローラの迷いも吹っ切れた。とにかく今は、颯爽《さっそう》と彼の前から消え去ることだけ考えていればいい。

「ありがとう。でも遠慮するわ、グザヴィエ」ローラは静かに言った。「王室の車で送っていただくからけっこうよ。それじゃ、そろそろ失礼するわね。飛行機の時間に遅れたら困るから、もう着替えなくちゃ」

13

ドーチェスターの自宅に到着してからも、ローラはどこかぼうっとしていた。決して時差ぼけではないのはわかっている。

雨のせいでないのもわかっている。やさしい夏の雨が、花についた埃《ほこり》を洗い流していた。灼熱《しゃくねつ》の砂漠から帰ってきたあととあって、雨はとりわけ心地よかった。あるいは、ボイラーが故障して、湯が出ないせいでもない。

これはまぎれもなく……。

そう、グザヴィエのせいだ。

ほかのだれでもない、グザヴィエの……。

それでも、この小さな町に帰ってきたことで、ローラはいくらか落ち着きを取り戻していた。自分の周囲を見まわして、ハラスタンでの生活と比較すれば、現実をいっそうはっきりと直視することができる。シークの息子などという手の届かない存在を思って涙を流すなんて、あまりにもばかげている。

王家の血は半分しか流れていないとしても、まるで不つり合いだ。見慣れていた環境に再びなじんでいくにつれ、なにもかもがローラの思いを嘲笑《あざわら》っているかに見えた。

グザヴィエがこんな場所にいるところを想像できる？　玄関の戸口は身をかがめなければ通れないし、居間の梁《はり》にだって頭をぶつけてしまうだろう。彼が近所のパブへ行って、ラガービールを注文するところを思い浮かべてみればいい。小さな町だから、バナナを一房買うのにだって根掘り葉掘り質問されて、これまでの半生を話して聞かせなければ解放してはくれないはずだ。

もちろん、逆に私が彼のところへ行くこともできるけれど。パリのローラ！　洗練されたジョルジュ五世通りを闊歩《かっぽ》したら、あるいはグザヴィエの行きつけの高級レストランに出かけたら、悲しいほど人目を引いてしまうだろう。おまけに、フランス語といえば学校で習ったきり。そんなことでどうやって暮らしていけるというの？

ローラはハラスタンでの衣装を、使っていないほうの寝室のクローゼットにおさめた。ここでは着ることもないだろう。冒険心にあふれた企業家が、今ロンドンではやっているような中東風のレストランをこの町にも開けば話は別だけれど……。翡翠《ひすい》色の刺繍《ししゅう》入りのロングドレスの裾《すそ》を引きずりながら近所の銀行へ行くのは、やはりためらわれる。

その一方で明るいニュースもあった。ハラスタン王室から支払われた報酬で、ジョシュを完全にこの家の名義からはずすことができたのだ。彼は〈ブラック・ドッグ・パブ〉のウエイトレスとできていると吹聴《ふいちょう》していたが、まとまった現金を手渡されたとたん、ローラがたまらなく魅力的に見えはじめたようだった。

「近寄らないで」ジョシュが家の名義変更の書類に署名した直後に手を伸ばしてきたので、ローラはきっぱりと言い渡した。「あなたになんかもう興味ないの」

「いったいどういう風の吹きまわしだ?」ジョシュは嘲《あざけ》るように言った。

本物の男に出会って、あなたとの関係になにが欠けていたのかはっきりわかったのよ。そう言ってやりたかったが、そんな子供じみたことをする年ではないのでやめておいた。グザヴィエのことは、自分の心の中だけにとどめておく大切な秘密だ。

だいいち、その関係もすでに終わっているのがわかったら、ジョシュにますますばかにされるだけだ。

ローラは憂鬱《ゆううつ》な考えをあわてて振り払い、ジョシュを追い出してドアを閉めた。振り返るのはもうやめたのだ。余命いくばくもないザヒールに会ったことで、時間というものがいかに貴重か、改めて思い知らされた。これからは人生の一分一秒を大切に生きていくつもりだ。グザヴィエとはもう会えないけれど、彼を思って涙にくれたところでどうにもならない。ただ、思い出だけは大事にしていこう。心の奥にしまいこんで、ときどき取り出しては眺めてみよう。

しかし、とりわけつらいのは夜だった。夜の闇《やみ》の訪れとともに、愚かな渇望が頭をもたげて、なかなか追い払えない。せめてハラスタンに滞在している間だけでも、ずっとグザヴィエとベッドをともにすればよかった……。そもそも、彼を拒んだところでなんの利点があったのだろう？　プライドを保ちたかっただけではないだろうか？　そのばかげたプライドのせいで、結局は毎晩寂しく過ごさなければならなかったのだ。

涙が出るのは自然なことだと、ローラは自分に言い聞かせた。涙は浄化を手伝ってくれるともいう。そして、ときには枕《まくら》に顔をうずめて泣くこともあった。嗚咽《おえつ》が部屋に響かないように……。

ローラが帰国してから一カ月がたった。その間、マリクからナポリに行ってほしいと連絡を受けたものの、手紙で断った。ハラスタンとはもうなんのつながりもない。そう自分を納得させつつあった。しかし、よく晴れた日曜日の昼前のこと、突然ドアを力強くノックする音が響き、トーストに苺《いちご》ジャムを塗っていたローラはその手をとめた。

郵便配達人だろうかと思いながらドアを開けた。ドアの前に立つ男性を見て、ローラは凍りついた。黒い髪、黒い瞳、浅黒い肌、そして、まぶしいほどのオーラ……。彼は生気をみなぎらせ、小さな前庭を背にして立っていた。この世のものとも思えぬ光景だった。

ローラはドアのノブを握り締め、彼をただ見つめていた。これは会いたいという気持ちが作り出した幻で、すぐに消え去ってしまうのではないかという気がした。それにしても、あんな険悪なやりとりをして別れたあとで、怒りくらいはこみあげてくるものと思っていたのに、なぜ心が浮きたつような喜びしか感じないのだろう？　それを曇らせているのは、かすかな不安だけだ。

「グザヴィエ！」手を伸ばして彼が幻影でないか確認したい気持ちを、ローラはかろうじて抑えた。「本当にあなたなの？」小さくつぶやく。

「そっくりさんかなにかだと言うのかい？」

いや、いくら神様でも、この芸術作品は二つと作れないだろう。「え？」ローラはごくりと喉を鳴らした。ローラ、頼むからしっかりして。自分自身に言い聞かせる。「ここでなにをしているの？」

グザヴィエの口元に皮肉っぽい笑みが浮かぶ。「まったく、イギリス人は人をもてなすのが苦手だとは聞いていたが……家に招き入れるくらいのことはしてくれてもいいんじゃないのか？」

「ああ、そうね。入って。戸口が低いから……あ、グザヴィエ！　大丈夫？　痛くなかった？」

「いや」グザヴィエは顔をしかめ、イギリスにはほんの少し前まで小人が住んでいたのだろうかと思いながら、頭をさすった。

ローラは腰まで垂れている髪を手で撫《な》でつけ、だれかが今すぐ魔法の杖《つえ》で変身させてくれたらいいのにと思った。大学時代から着ているばかみたいなロゴが入ったTシャツとジーンズという姿で、化粧もまったくしていない。

「どうして来るって知らせてくれなかったの？」ローラは尋ねた。「そうしたら、せめてもう少し着飾ったのに」

「着飾ったりしなくていいよ。そのままがいい」グザヴィエはゆったりした口調で言った。「ずいぶん……印象が違うね」

グザヴィエの印象もかなり違っていた。長くたくましい脚を強調するブラックジーンズと、黒っぽい革のジャケット。彼はすでにそのジャケットを脱いでいる。つまり、しばらくいるつもりだということ？　ローラはぼんやりした頭で考えた。そうに決まっているじゃないの。ハラスタンから来たにせよ、パリから来たにせよ、すぐに取って返すくらいなら、最初から来ないでしょう？

「コーヒーでもお飲みになる？」ローラはあわてて尋ねた。「本物じゃないけど。本物は、友達を呼んでディナーパーティを開くときくらいしか買わないの」

「本物じゃない？　つまり、まがい物ってこと？」からかっているのではなく、心底けげんそうな顔だ。

「インスタントよ」ほら、これでローラ・コティンガムの真の姿がばれてしまった。田舎町に住む田舎くさい弁護士。田舎町で買った田舎くさい服を着て、インスタントコーヒーを飲んでいる。

グザヴィエは首を横に振った。どうも思ったように事が進まない。生まれて初めて、自分に自信が持てなくなりそうだった。

時間がとまったようなぎこちない沈黙のあと、グザヴィエはローラを見た。

「仕事、引き受けなかったのかい？」

ローラは肩をすくめた。私がグザヴィエの異母兄弟を説得しに行く仕事を引き受けると本気で思っていたの？　そんなこと、一瞬たりとも考えるなんて信じられない。「引き受けなかったわ。あまりいい考えじゃなさそうだと思ったから」

それについてはグザヴィエもまったく同感だった。彼は大きく安堵《あんど》のため息をついた。それでも、心が真に求めるものを手に入れるにはまだほど遠い。

「かわりにパリへ来るのはどうだい？」

ローラの心臓は大きくどきんと打った。「パリ？　なんのために？」

二人の視線が合った。

「なんのためだと思う？」

「さあ」わからなければ、きくのよ！「突然訪ねてきたのはなぜ、グザヴィエ？」

「僕の中でちょっとした変化があったんだ。君のおかげでね。あらがってはみたんだが、もう元には戻れないらしい。頭が混乱しているのは、突然父親が現れたからだとばかり思っていたが、すぐにそうではないと気づいた」

「言っている意味がよくわからないわ」

「支離滅裂かな」グザヴィエはすっきりさせようとするかのように頭を振った。「君に言われたことは本当だと気づいたんだ。僕は人よりも物にばかり気をとられていた。もうそんな生き方はしたくない。君のおかげで、世の中を違う目で見られるようになったんだよ、ローラ」ローラがなにも言わないでいると、彼はさらに続けた。「君と一緒にいたときに得たものが、もっと欲しくなったんだ。これまでは、ずっと避けつづけていたものなんだけどね」

「それはなあに？」

少し間があった。「感情だ」グザヴィエは抑揚のない口調で答えた。そして、ローラがあっけにとられているのを見て肩をすくめ、グザヴィエ・ド・メストルにとって初めて見せる途方にくれた表情を浮かべた。「君の顔ばかり思い出していたよ」彼は夢見るような口調で言った。「愉快なことや頭にくることがあるたびに、なぜかふと君に話したいと思った。夜ベッドに横たわると、君と過ごした時間を思い出した。官能的な時間も、穏やかな時間もね。でも、それだけでは十分じゃなかった」

ローラを見つめるグザヴィエの瞳は、いつにもまして深く濃い漆黒だった。

「そのせいで頭が変になりそうだったよ。君のせいでね」彼はごくりと唾《つば》をのみこんだ。

「君に会いたくてしかたがなかったんだ、ローラ」

ローラは興奮と期待と不安に胸が締めつけられるのを感じた。「しかたがなかった？過去形なの？」

「まったく弁護士っていうのは、こんなところでも言葉に正確じゃないと気がすまないのか？」グザヴィエはからかうように言った。「わかった。君に会いたくてしかたがなかった。君がいないと寂しいんだ。これでどうだい？」

不安がローラの胸を駆けめぐった。自分がどれほど強く求めているかグザヴィエに知られてしまうのではないかと思うと、怖くなった。たぶん、彼が言っているのは肉体的なことだろうけれど、体だけの関係を続けていけるほど、私は大人だろうか？

「君とずっと一緒にいたい」グザヴィエは情熱に陰る瞳でローラを見つめた。その奥底には、なにか別の強い光も宿っている。「ジュ・テーム」彼は静かに言ってから、英語で言い直した。「愛してる」

ローラにもその意味はわかっていた。フランス語を少しかじったことのある人間なら、だれだって知っている。世界じゅうでなにがいちばん欲しいかと問われれば、ローラにとって、たった今グザヴィエが口にしたその一言がまさにそれだった。けれど、同時にそれはあまりにも恐ろしい言葉でもあった。ここの氷はぜったいに割れないと言われても、信じることができず、すべり出せないスケーターのようだ。彼女は氷がどれくらい固いのか、確かめてみたくなった。

「今まで何人の女性にそう言ってきたの？」

「一度も言ったことはない。君が初めてだ」

「私たち、知り合ってまだ日が浅いのに」

「わかってる」

「それに、一緒にふつうの生活を送ったことだってないわ」

「それもわかってる」

「もしもうまくいかなかったら？」ローラはすがるような思いで尋ねた。

そこで初めてグザヴィエはローラに触れた。白い頬にかかった一筋の髪を、やさしく指で払いのけたのだ。「〝もしも〟を繰り返しても、なにもわからないよ」彼は静かにささやいた。「パリにおいで。二人でうまくいくようにしよう」

数カ月前のローラなら、その誘いにためらっていただろう。けれど、ハラスタンへ旅した今は違う。あの旅のおかげで、ローラの意識は大きく変わった。その点に関しては、ため男のジョシュに感謝すべきなのかもしれない。もちろんグザヴィエにも。ハラスタンでグザヴィエに体を求められても、ローラは安っぽい女になるのを拒んだ。それによって、彼女の中に新たな自信が生まれていた。もうだれかの犠牲になったり、やみくもに怯《おび》えたりすることはない。

ローラはグザヴィエを見つめてから、身につけているものやこぢんまりとしたコテージを示した。「でも、これが本物の私なのよ。あなたが出会った洗練された服を着たローラは実在しないの」

グザヴィエは静かに笑い、かぶりを振った。彼の指先はローラのまぶたや鼻や唇をそっとたどってから、早鐘を打っている心臓のところまで下りてきた。

「いいんだよ。本物のローラはここにいる。僕の体と心と魂を揺さぶったローラがね。僕が自分自身を見つめ直すきっかけをくれた女性。寝ても覚めても、僕の頭から離れなくなってしまった女性。ずっとずっとキスをしたいと思っていた女性が……」

「だったらキスをして」ローラはため息混じりに言った。

グザヴィエはうめきながら彼女を抱き締め、唇を軽く触れ合わせた。

「寝室はどこだい？」

「地図がなくてもたどり着けるわ」ローラは息を切らして答えた。「二階よ。二つしかないの。一緒に来て」

ミニチュアのような寝室に入るのに、グザヴィエはまたしても身をかがめなければならなかった。ベッドも彼の趣味から言えばかなり小さかったが、ローラを横たえ、下着をはぎ取り、自分の服も脱ぎ捨てた瞬間、そんなことはまったく気にならなくなった。彼女と一つになりたいという欲求以外、この世のすべてのものがもうどうでもよかった。

ほんの一瞬、正気を取り戻した瞬間、グザヴィエは避妊を忘れかけていたことを思い出した。今までは細心の注意を払っていたのに、いったい自分はどうしてしまったのだろうとあきれた。

二人の体がついに重なったとき、ローラの目から涙がこぼれ落ちた。グザヴィエがその涙をキスでぬぐい取る。彼に激しく攻めたてられながら、ローラは歓喜の声をあげた。いつまでもこの甘美な喜びを長引かせたかった。しかし、クライマックスはすでにすぐそこまで迫っていた。

「ああ、グザヴィエ！」ローラは声をあげ、彼の肩にしがみついた。

ローラの胸元が薔薇《ばら》色に染まるのを見て、グザヴィエはすでにその気配に気づいていた。彼女と同時に同じ頂へたどり着きたかった。彼は氷のような自制心をかき集め、ローラをうかがった。

そのときがきたとわかると、グザヴィエは快感の導くままにすべてを解き放った。一直線に空へ舞いあがり、獲物を追う鷹《たか》のように。そして、二人は一つになった。砂漠とそこを渡る風の音が、切っても切れない関係であるように。

口もきけないほどの甘美な陶酔が、いったいいつまで続いただろう？　グザヴィエはだれも知らない楽園に迷いこんでいたのではないかとさえ思った。そう、たとえば、ハラスタンのような場所に。

ローラの顔をのぞきこんだとき、また一筋の涙が頬に光っているのが見えた。グザヴィエは指先でやさしくぬぐい取った。

ローラは唇を噛《か》んだ。「グザヴィエ……私も愛しているの……怖いくらいに……」

グザヴィエは彼女のエメラルド色の瞳を見おろした。それは彼女の心を映し、明るく澄んでいた。グザヴィエはいとおしさに胸が締めつけられた。「わかってるよ」彼は静かに言った。

エピローグ

〝シークの隠し子、砂漠で挙式！〟

世界じゅうのマスコミがこぞって書きたて、二人の結婚はこの年最大の話題となった。グザヴィエのパリのアパートメント周辺には各メディアの取材陣が張りこみ、彼らを追い払うために、ローラもとうとうボディガードを雇わなければならなくなった。

結婚式自体も、もちろんその場所も極秘扱いだったが、それだけ盛大な式ともなると、隠しとおせるものではなかった。ハラスタンじゅうが、数十年ぶりのロイヤルウエディングにわき返っていた。国民はシークの息子を心から歓迎し、夕日の色の髪と森の色の瞳をした美しい花嫁は、たちまち人気者になった。

「あなたは驚かなかったの？」ある朝、ローラはグザヴィエに尋ねた。「みんなが即座にあなたを受け入れてくれたことに？　生い立ちの複雑さを考えると、ちょっと意外な気もするんだけど」

グザヴィエは首を横に振った。「君が帰ったあと、ハラスタンでひと月過ごしたとき、僕の存在を知らせるチャンスがあったんだ。さらに時間がたつにつれて、僕がどういう人間かもわかってもらえるようになった」彼はほほえんだ。「もっとも、みんなが喜んで受け入れてくれたのは、父がお后《きさき》を、亡くなるまで大事にしていたからだろうな。それともちろん、これまでずっと国のために尽くしてきたからだ」

二人は広大なアパートメントの寝室のベッドに横たわっていた。窓からは陽光きらめくセーヌ川が見える。ローラはしきりに左手を上げ、スクエアカットの巨大なエメラルドの婚約指輪を眺めていた。グザヴィエは彼女の瞳の色とそっくりだからと、この指輪を選んでくれたのだ。

一カ月後には二人はハラスタンへ飛び、式を挙げる。ハネムーンもハラスタンの自然の中で過ごす予定だ。

ローラはグザヴィエの方を向き、肩を撫《な》でた。「なんだかすべてが急展開で、怖くならない？」

「いや。君は？」

ローラは首を横に振り、ほほえんだ。「あなたの奥さんになれるのならうれしいわ、グザヴィエ。それがこの世でいちばんに望むことだから」

グザヴィエはにっこりし、ローラの唇に指を触れた。「僕にとってもそれがいちばんの望みだ。君を死ぬまで法律で縛りつけておきたいからね」

グザヴィエの言葉を聞き、喜びに背筋がぞくぞくした。ローラは彼の胸に寄り添い、これ以上完璧《かんぺき》な人生などあるのだろうかと思った。

パリには自分のアパートメントと職を見つけるつもりでやってきた。仕事はグザヴィエのおかげですぐに見つかった。せっかくの援助をかたくなに断るのは愚かなことだとわかっていた。

続いて部屋をさがそうとしたが、いちばん気に入ったのはグザヴィエが生まれ育ったマレ地区だった。今ではパリの中でもおしゃれな町として人気がある。だが、彼と毎夜別々に過ごすのは寂しいと思いはじめた。その気持ちはグザヴィエも同じだった。朝も晩も、その間も、結局は一日じゅう、彼の近くにいたかった。二人一緒にいることがあまりに自然に思えた。そんなある晴れた朝、朝食のバゲットを買いに二人で肩を並べて歩いているとき、グザヴィエが突然プロポーズした。ローラはうれし涙を流した。

あまりにも速すぎる流れだというのはローラも感じていた。けれど、口には出さなくても、グザヴィエが急ぐ理由はわかっていた。彼は父親がまだ生きているうちに、息子の人生がこれから豊かに実っていくことを見せたいのだろう。結婚相手が見つかり、それがシークの知っている女性、しかもシークも好感を抱いている女性とあれば、なおさら安心してくれるに違いない。

少なくとも、この国の後継者問題が論じられることはなかった。ジョヴァンニはグザヴィエよりも年上だったのだ。

「本当によかったわ」それを知ったとき、ローラはほっとしてつぶやいた。「結婚式の招待は受けてくれるかしら？　返事はくるかしら？　式に来てくれたらすてきなんだけど。ぜひ一度会ってみたいわ」

腹違いの兄ジョヴァンニの名が出ると、グザヴィエはわくわくすると同時に、ほんの少しとまどいを覚えた。しかし、感情を恐れる必要がないことは、すでにローラに教わっていた。感情は素直に受け入れ、身をまかせればいいのだと。

ローラにはほかにもたくさんのことを教わり、たくさんのものをもらった。中でもいちばん大切なもの――それは人を愛する心だった。

●本書は2008年1月に小社より刊行された作品を文庫化したものです。

情熱のシーク

2025年4月1日発行　第1刷

著　者　シャロン・ケンドリック

訳　者　片山真紀（かたやま　まき）

発行人　鈴木幸辰

発行所　株式会社ハーパーコリンズ・ジャパン
東京都千代田区大手町1-5-1
04-2951-2000（注文）
0570-008091（読者サービス係）

印刷・製本　中央精版印刷株式会社

Printed in Japan © K.K. HarperCollins Japan 2025 ISBN978-4-596-72648-3

ハーレクイン文庫

「一夜のあやまち」
ケイ・ソープ／泉　由梨子　訳

貧しさにめげず、４歳の息子を独りで育てるリアーン。だが経済的限界を感じ、意を決して息子の父親の大富豪ブリンを訪ねるが、彼はリアーンの顔さえ覚えておらず…。

「この恋、揺れて…」
ダイアナ・パーマー／上木さよ子　訳

パーティで、親友の兄ニックに侮辱されたタビー。プレイボーイの彼は、わたしなんか気にもかけていない。ある日、探偵である彼に調査を依頼することになって…？

「魅せられた伯爵」
ペニー・ジョーダン／高木晶子　訳

目も眩むほどハンサムな男性アレクサンダーの高級車と衝突しそうになったモリー。彼は有名な伯爵だったが、その横柄さに反感を抱いたモリーは突然キスをされて――？

「シンデレラの出自」
リン・グレアム／高木晶子　訳

貧しい清掃人のロージーはギリシア人アレックスに人生初の恋をして妊娠。彼が実は大実業家であること、さらにロージーがさるギリシア大富豪の孫娘であることが判明する！

「秘密の妹」
キャロル・モーティマー／琴葉かいら　訳

孤児のケイトに異母兄がいたことが判明。訳あって世間には兄の恋人と思われているが、年上の妖艶な大富豪ダミアンは略奪を楽しむように、若きケイトに誘惑を仕掛け…。

「すれ違い、めぐりあい」
エリザベス・パワー／鈴木けい　訳

シングルマザーのアニーの愛息が、大富豪で元上司ブラントと亡妻の子と取り違えられていた。彼女は相手の子を見て確信した。この子こそ、結婚前の彼と私の、一夜の証だわ！

ハーレクイン文庫

「百万ドルの花嫁」

ロビン・ドナルド／平江まゆみ　訳

18歳で富豪ケインの幼妻となったペトラ。伯父の借金のせいで夫に金目当てとなじられ、追い出された。8年後、ケインから100万ドルを返せないなら再婚しろと迫られる。

「コテージに咲いたばら」

ベティ・ニールズ／寺田ちせ　訳

最愛の伯母を亡くし、路頭に迷ったカトリーナは日雇い労働を始める。ある日、伯母を診てくれたハンサムな医師グレンヴィルが、貧しい身なりのカトリーナを見かけ…。

「一人にさせないで」

シャーロット・ラム／高木晶子　訳

捨て子だったピッパは家庭に強く憧れていたが、既婚者の社長ランダルに恋しそうになり、自ら退職。4年後、彼を忘れようと別の人との結婚を決めた直後、彼と再会し…。

「結婚の過ち」

ジェイン・ポーター／村山汎子　訳

ミラノの富豪マルコと離婚したペイトンは、幼い娘たちを元夫に託すことにする——医師に告げられた病名から、自分の余命が長くないかもしれないと覚悟して。

「あの夜の代償」

サラ・モーガン／庭植奈穂子　訳

助産師のブルックは病院に赴任してきた有能な医師ジェドを見て愕然とした。6年前、彼と熱い一夜をすごして別れたあと、密かに息子を産んで育てていたから。

「傷だらけのヒーロー」

ダイアナ・パーマー／長田乃莉子　訳

不幸な結婚を経て独りで小さな牧場を切り盛りし、困窮するリサ。無口な牧場主サイが手助けするが、彼もまた、リサの夫の命を奪った悪の組織に妻と子を奪われていて…。